suhrkamp taschenbuch 164

Adolf Muschg wurde im Mai 1934 in Zollikon bei Zürich geboren. Er studierte Germanistik, Anglistik und Psychologie. 1959 promovierte Adolf Muschg mit einer Arbeit über Ernst Barlach. Danach lehrte er in Zürich, Tokio, Göttingen, Ithaca N. Y. und Genf. Seit 1970 ist Adolf Muschg Professor für Germanistik an der Eidgenössischen TH in Zürich. Prosa: *Im Sommer des Hasen*, 1965; *Gegenzauber*, 1967; *Fremdkörper*, 1968; *Mitgespielt*, 1969; *Papierwände*, 1970; *Liebesgeschichten*, 1972; *Albissers Grund*, 1974; *Entfernte Bekannte*, 1976; *Gottfried Keller*, 1977; *Noch ein Wunsch*, 1979; *Baiyun oder die Freundschaftsgesellschaft*, 1980; *Literatur als Therapie*, 1981; *Leib und Leben*, 1982; *Das Licht und der Schlüssel*, 1984. Theaterstücke: *Rumpelstilz. Ein kleinbürgerliches Trauerspiel*, 1968; *Verkauft. Ein Monodram in einem Akt*, 1970; *Die Aufgeregten von Goethe*, 1971; *Kellers Abend. Ein Stück mit einem Nachspiel*, 1975; *Watussi oder ein Stück für zwei Botschafter*, 1977.

»Adolf Muschgs neue Erzählungen sind ›Liebesgeschichten‹, die sich als Prozeßberichte, ›Prozeßberichte‹, die sich als Liebesgeschichten lesen lassen. Sie handeln von alltäglichen, juristisch nicht einklagbaren Delikten: Täuschung durch Körpernähe, falsch gemünzte Erwartungen, gutwillige Unwahrheiten. Durch ›so eine Liebe‹ werden Leute um ihr eigenes Leben betrogen und können sich darum nie recht schuldig fühlen, wenn sie die Rechnung ihres Lebens weiter manipulieren. Denn ihre Verhältnisse sind nicht so, sie erlauben ihnen den Luxus der Unschuld nie. Sie müssen über oder unter ihren Verhältnissen leben und stehen längst als kleine Sünder da, bevor es ihnen zur großen Sünde reichte. Sie versuchen dann nur noch, billig davonzukommen. Helden und Abenteuer gibt es hier nur noch defizitär, in den Grenzen des traurig gewordenen Privatlebens.«   *Ulrich Meister*

Adolf Muschg
Liebesgeschichten

Suhrkamp

Umschlagfoto: Isolde Ohlbaum

suhrkamp taschenbuch 164
Erste Auflage 1974
© Suhrkamp Verlag Frankfurt am Main 1972
Suhrkamp Taschenbuch Verlag
Alle Rechte vorbehalten, insbesondere das des
öffentlichen Vortrags, der Übertragung durch
Rundfunk und Fernsehen sowie der
Übersetzung, auch einzelner Teile.
Druck: Ebner Ulm · Printed in Germany
Umschlag nach Entwürfen von
Willy Fleckhaus und Rolf Staudt

9 10 11 12 13 – 88 87 86 85 84

Inhalt

Ein ungetreuer Prokurist

Er hatte sich manchmal eine Geliebte gewünscht, nicht weil andere im Geschäft auch eine hatten, das Geschäft hatte damit gar nichts zu tun, sondern weil er auch gern einmal ein Mensch gewesen wäre mit allem, was dazugehört. Natürlich nahm er an, daß eine Geliebte in so geregelten Verhältnissen wie den seinen Komplikationen schaffen würde, aber wenn man leben wollte, mußte man auch bereit sein, hier vielleicht etwas zuzulegen, dort etwas abzubuchen. Er erwartete nur, daß es einmal mit ihm persönlich etwas zu tun hatte; so viel darf man vom Leben verlangen.

Es ergab sich dann so. Bei einer Werbeveranstaltung, um die neue automatische Saftpresse der Firma vorzustellen, kam er mit einer Journalistin ins Gespräch, die, wie sie ihm bald erzählt hatte, wieder in ihrem alten Beruf arbeitete, nachdem ihre Kinder halbwüchsig geworden waren und sie nicht mehr täglich nötig hatten. Freilich hatte sie sich früher, als Zwanzigjährige, eher mit kulturellen Ereignissen befaßt.

Als die Saftpresse vorgestellt und nicht mehr allzu viel darüber zu reden war – das Reden besorgte ohnehin eine jüngere Kraft der Firma, ein zuversichtlicher Typ im lila Jackett, während er, der Prokurist, sich zurückhielt, noch betonter vielleicht, seit er erfahren hatte, daß seine Gesprächspartnerin früher über kulturelle Ereignisse berichtet habe –, um etwa halb zehn Uhr also nahm er zu seinem Erstaunen den Rand ihres Ellbogens und führte sie daran zur Tür hinaus.

Ich bin hier nicht nötig, sagte er ihr. Daraus, daß sie ohne weiteres mitkam, folgerte er noch nichts.

Er hatte nicht einmal Lust auf eine Fortsetzung des Gesprächs oder einen Drink; das gab es ja auch hier, im Überfluß, er hatte die Bestellung selbst überwacht. Es schien nur plötzlich richtig, er sagte sogar: nötig, hier wegzugehen, fünf Minuten vor dem Auspendeln der Veranstaltung zu zeigen: man war noch sein eigener Herr. Ganz zwischendurch, gar nicht elektrisierend, ging ihm durch den Kopf, daß man auch mit ihr schlafen könnte, ohne daß sie viel dagegen einzuwenden hätte. Sie war ja die Mutter mehrerer Kinder usw., würde es nicht so genau nehmen; damit meinte er gleich zu Beginn nichts Verwegenes, eher eine gewisse Sicherheit: was soll da viel kaputtgehen.

Sie war eigentlich nicht hübsch genug für Gedanken daran, aus der Nähe besehen. Vielleicht war sie sogar etwas älter als er. Das erlaubte ihm, am Ecktisch drüben im »Excellence« unaufdringlich nett zu sein, fast bis zum Eingeständnis seiner Müdigkeit zu gehen; sie nahm ihm nicht übel, daß er in einer Haushaltfabrik arbeitete, wirklich nicht, sie sagte es nicht nur so. Das Leben schien sie bescheiden gemacht zu haben, zur Teilnahme fähig. Öfters blieben ihre braunen, etwas kurzsichtigen Augen in seinen Augen hängen. Er brauchte kaum zu betonen, daß er in seinem Saftladen etwas Gehobenes sei, sie wußte es schon, es machte keinen Unterschied für sie. Hier sitzt ja doch ein Mensch, dachte er.

Er erzählte von sich und Familie, die Familie brachte er in den ersten Sätzen herein. Es sollte alles in Ordnung gehen, er war nicht dafür, etwas zu unterschlagen (unterdrücken, etc.). Was er so äußerte über Haus und Garten, klang heute abend mühelos, unschwierig; so kannte er sich gern. Der Alkohol hatte nichts damit zu tun, sie hatten nur Bier bestellt, allerdings ein dänisches. Zu Whisky etc. wollte sie sich nicht einladen lassen, übrigens aus keinem besonderen Grund; da waren nirgends besondere Gründe, das war einfach so. Er brauchte seine Asche nicht kurzfristig abzuklopfen, durfte ruhig rauchen und sie ansehen, wenn er ihr den Rauch nicht gerade ins Gesicht blies. Ein paar Mal lachten sie; zum Schweigen war es noch zu früh. Sie hatte einen kleinen Kummer im Gesicht, aber der war wohl meistens dort, er brauchte wahrscheinlich nicht zu stören. Manchmal fehlte ihm ein Wort; dann wieder gelang ihm ein lustiger Satz, ohne daß er gelingen mußte. Sie bestrafte ihn für nichts. Das gefiel ihm, und sie schien sich dabei nicht zu langweilen.

Manchmal strich er ihr mit den Augen eine Haarsträhne hinter ihr Ohr zurück, dachte daran, wie es wäre, mit einem Menschen wie diesem zu schlafen; dann vergaß er es wieder. Wenn sie die Schultern zusammenzog, dachte er wieder stärker daran, aber so, wie man an ein Fest im Kalender denkt; es hatte nichts Diebisches.

Als es elf Uhr war, begleitete er sie in ihr Hotel zurück, ein Hotel der mittleren Klasse, wo der Portier auch im Restaurant nebenan aushelfen muß. Sie gingen an der leeren Loge vorbei über ein paar Treppen auf ihr Zimmer; er hatte wieder ihren Ellbogen in der Hand, aber mit einem schwächeren Griff. Das Zimmer, dessen Tür sie rasch zuzog, war eng und eckig und nur mausgrau zu beleuchten; er löschte das Licht wieder, und sie lehnte sich im Dunkel mit einem kleinen stummen Aufschnupfen gegen seine Stirn. Dann zogen sie sich aus, daß es knisterte, ohne zu eilen; erst die letzte Bewegung, mit der sie in das gerade noch erkennbare, dann elend knappe Bett krochen, hatte etwas Linkisches; sie stießen an ein paar falschen Stellen zusammen; er hatte sich die ganze Minute leisten können, teils an etwas anderes, teils an nichts zu denken. Wild wurde es nicht, aber doch so, daß sie heftiger klammerte, als er vorausgesehen hatte, und plötzlich, in den spürbarsten Erfolg hinein, denken mußte, es sei am Ende nicht bloß ein Mensch in seinen Armen, sondern ein bedürftiges Wesen.

Während sie eine Zigarette rauchten und zum ersten Mal rundum schwiegen, kam ihm der Verdacht, es sei doch wieder zuviel geredet worden, doch war er entschlossen, das Ganze gelten zu lassen; erst einen Augenblick später, dessen Vorbeigehen ihm auffiel, meldete sich etwas Unbequemes, das seinen Griff an ihrer Schulter hart werden ließ. Sie lächelte und drückte ihr Haar an seinen Griff; dabei gelang ihm ein Blick auf seine Uhr, die Leuchtziffern fluoreszierten gerade noch: schon nahe zwölf Uhr, und er hatte zu Hause nicht angerufen. Er spürte die Feuchtigkeit auf seinem Rükken stärker. Viel später durfte es nicht werden, und jetzt hatte er keinen Mut, ihr das zu sagen. Er griff wieder fester zu, und sie lächelte wieder.

Es fand dann irgendeine kleine Schauspielerei statt, die den Zweck hatte, sie an seine Müdigkeit zu erinnern, keine erhebliche, die sie beide betraf, nur die allgemeine von vorhin. Er log ein wenig, fast nur in Gedanken, aber es genügte schon zu einem Vorwurf gegen sie: warum durfte er nicht müde sein? Sie bemerkte anscheinend nicht, daß er nicht mehr aufrichtig war, sie war zu bedürftig oder zu glücklich dazu, das erfüllte ihn mit Angst, er dachte jetzt schon, in ihr zufrieden geöffnetes schattenhaftes Gesicht hinein, daß diesem Verhältnis, dem ersten neben einer durchaus geordneten Ehe, der rechte Grund fehlte. Sie fuhr ihm mit dem Finger über seine offenbar zusammengezogenen Brauen, wußte nicht, daß dies schon eine kleine Abschiedsbewegung war; plötzlich sah er seinen Gedanken an Trennung wieder von der andern Seite, wo er noch, oder schon wieder, mit der Herzlichkeit dieses neuen schmalen Körpers zusammenhing, der ihm, halb verraten schon, wieder wie sein eigener vorkam, plötzlich fühlte er sein Fleisch wieder im andern Fleisch, und nun fand, wie er mit ihren Krallen in seinem Rücken spürte, hemmungslose Abhängigkeit statt. Offenbar hatte sie lange nicht mehr geliebt, er war zu sicher gewesen, daß an ihm nicht viel zu lieben war, jedenfalls nicht beängstigend viel.

Die Tür war dünn, oft hörte man Schritte vorbeigehen, zögern, zu rasch weitergehen. Sie atmete viel zu laut, er suchte dieses sanfte Jammern, für das er nicht verantwortlich sein wollte, mit seinem Leib zuzudecken, bedeckte ihr Gesicht mit seiner Brust, der Himmel wußte, was er damit bei ihr anrichtete, sie schien ja sterben zu wollen, verschluckte sich einmal ums andere. Er bekam Angst und blieb höhnisch stark dabei, es war schon halb eins gewesen, er biß in seine Uhr, vermutlich sah ihn seine Frau, zu Hause wach, in einen unaufhörlichen Zusammensturz verwickelt, es hörte alles überhaupt nicht mehr auf, und er sehnte sich nach einer Toilette mit einem guten Buch.

Nach vielen Augenblicken wütender Pflicht hatte er sie so weit, daß sie ruhig war und er seinen Wunsch, ohne das Buch selbstverständlich, melden durfte. Sie nahm es, bis zu den Schultern strahlend, als einen ungeheuren Scherz, ein untrügliches Zeichen von Vertrautheit, jagte ihn nach einem kurzen Schauer von Kinderküssen in seine Kleider, munter, munter. Er dachte daran, die Unterhose im Dunkel nicht verkehrt herum anzuziehen, er wollte seiner Frau nicht durch solche Dinge wehtun; da ging das Licht an, eine plötzlich schneidende Helle aus der Biedermeierfunzel, er stand, seine Unterhose wendend, blinzelnd in ihrem Lachen, das leise und getröstet klang. Es blieb ihm nichts übrig, als sie in ihrer Blöße zu betrachten, die sie leuchten ließ, als hätte sie gerade ihren eigenen Körper zur Welt gebracht; er empfand weder Zärtlichkeit noch Abneigung dabei, das beruhigte ihn über sich, und er ließ ein scherzhaftes Schnalzen hören, während er seine Hose endgültig festzog. Er sagte noch, daß er viel zu dick sei für sie; im übrigen eilte es jetzt wirklich, fort mit mir, da gibt man die heftigsten Küsse, und keiner schmeckt nach Wiedersehen.

Auf dem fast verlassenen Parkplatz, im Schatten seines Wagens, wurde er endlich sein Wasser los und hörte dazu mehrere Uhren ein Uhr schlagen.

Man macht sich immer die falschen Sorgen. Sein Eigenheim, das er mit beklommener Rührung ins Auge faßte, war lichtlos, er konnte sich das fremde Salz mit den Duftresten von der Haut waschen. Alles war in Ordnung und verlockte dazu, weniger streng über ein Wiedersehen zu denken. Seine Frau schlief längst, sie hatte keine Sorgen um ihn, sie kannte ihn ja, bestätigte sein Dazukriechen mit einem halben lieben Laut: da schenkte er sich den Rest seiner Gedanken, und eingekuschelt in die endlich erlaubte und haltbare Müdigkeit, ließ ihn, von einem Atemzug zum folgenden, auch die Erinnerung in Ruhe.

Ein paar Briefe, natürlich; sie zwangen ihn, den Postboten schon bei der Tür abzufangen. Er überflog sie nur flüchtig, tastete die ihm unsympathischen runden Schriftzüge auf Solides ab, Daten, mögliche Rendezvous; diese trug er chiffriert in seine Agenda ein, um die Briefe dann sorgsam in kleinste Fetzchen zerrissen in die Toilette zu werfen und ihr Verschwinden zu überwachen. Er schickte Rosen ins Hotel, wenn er wußte, daß sie da war; aber er kam auch selbst. Es reichte, wenn er das Büro früh genug verließ, wenigstens zu einem kleinen Nachtessen, bevor sie ins Hotel gingen; der Portier sah sie natürlich vorbeigehen, wußte Bescheid und bekam in Abständen ein sehr hohes Trinkgeld; zu einem Augenzwinkern war er nicht zu bewegen. So wurde diese Liebe zur nie recht kompletten Gewohnheit, die man sich gönnte, weil einen die verzettelten Mühen einer Woche immer wieder vergessen ließen, daß man ihr sieben Tage zuvor abgeschworen hatte. Der Grund für diese Zuneigung, die so wenig Gedächtnis besaß, lag wohl etwas flach;

dafür konnte er auch leichter überschwemmt werden. Etwas läpperte sich da immer wieder zusammen, wuchs auf ein paar Augenblicke weit ins Land hinein und beschwichtigte einen Reiz, den es selbst erzeugt hatte; sein Element war es nicht. Wenn es sich mit ihren Fingern zurückzog, erleichterte ihn die Nähe des wohlverdienten Abschieds so, daß er seine Trockenheit kaum mehr beherrschen konnte, sie schlug einfach durch, stellte sich ungeduldig, ja gewaltsam wieder her und verzehrte die Erinnerung an die Liebe oft noch vor deren Augen. Das genierte ihn; es hatte ihm ja wohlgetan, daß sich ihre Finger wie Wasser angefühlt hatten. Aber es kam ihm doch sehr seltsam vor, daß er offenbar gebraucht wurde; selbst wenn sie an seinem Haar und an seiner Haut zerrte, glaubte er zu wissen, es handle sich um ein Mißverständnis; er kannte sich einfach nicht so. Was half es, wenn sie beteuerte, er solle immer der bleiben, der er sei; zu viel Ehre, dachte er, so viel, wie du denkst, hat deine Liebe nicht aus mir gemacht. Leider.

Gar nichts war es aber auch nicht.

Oft unterhielt er sich, wenn sie zusammen waren, damit, daß er sich beobachtete. Das war schon etwas Neues. Neu war diese Distanz, die er nicht nur zu ihrem, auch zu seinem eigenen Körper aufbrachte und die ihn offenbar männlich machte, oder männlich wirken ließ; dagegen waren alle Geschichten aus viel früherer Zeit wirklich nichts – an seine Ehe weigerte er sich in diesem Zusammenhang zu denken. Was hätte er nicht vor zwanzig Jahren für solche halben Nächte gegeben! Damals gab es nur den Gedanken daran, der noch in der Erinnerung so rasend sein konnte, daß er sich, diese Frau umarmend, vergegenwärtigte: das wäre es also gewesen, wenn man als Kind eine Geliebte gehabt hätte. Und die Wut über alles Versäumte befähigte ihn zu solcher Zärtlichkeit, daß sie denken konnte – jedenfalls stand es, wenn er nicht irrte, in einem ihrer Briefe –: sie habe ihm neues Leben gegeben.

Wohin damit.

Wenn sie, ein paar Städte weiter, mit ihren Söhnen spazierengehe, habe sie wieder Wind im Gesicht, zum ersten Mal seit Jahren Wind, er hatte es nicht mehr ganz genau im Kopf. Aber er nahm bei Gelegenheit Bezug darauf; er war ja kein unartiger Mensch.

Sie sorgte sich, weil seine Klagen über sich selbst häufiger und rücksichtsloser wurden; so lasse ich nicht über meinen Liebsten reden, sagte sie ihm. Sie nahm es als Spiel, Ausdruck seiner schon bekannten Müdigkeit etc., aber es war ihm ernst. Wenn er sich gering machte, sollte das heißen: was hast du auch immer mit mir. Er machte sich klein, um zu entschlüpfen. Das merkte sie nicht.

Wenn sie von ihrem Mann redete, nicht wegwerfend, nur nachdenklich, nickte er vielleicht, aber redete nie von seiner Frau. Das gehörte nicht hierher.

Einmal sagte er, während er auf der Bettkante saß: schau einmal, was ich für häßliche dicke Beine habe. Sie warf sich sogleich mit ihren Lippen darauf, und niemals war ihm eine Berührung unangenehmer gewesen. Aus Schuldgefühl streichelte er die Spitzen ihres Haars.

Immer deine Sorgenfalten, sagte er. Um was sorgst du dich eigentlich. Und zeichnete übertriebene Wellen auf ihre Stirn. Da lachten sie, und er wollte die müde Stelle bei ihrem Auge nicht sehen. Man altert auch, wenn man sich höchstens jede Woche einmal sieht.

Sie glaubte, es ihm leicht zu machen (was eigentlich?), wenn sie beteuerte, daß sie nur seinen Körper nötig habe. Darauf war er aber nicht mehr stolz. Er entnahm ihren Bewegungen nur, daß das viel war, schon zu viel, Wasser in irgendeine Wüste. Er konnte nicht Wasser spielen. Er wollte auch keine Lebensarbeit mehr, er hatte seine Prokura und eine nette Familie, seine Frau stellte etwas vor, auch wenn die Leidenschaft nachgelassen hatte, so ist das, er lebte ja zufriedenstellend. Er schämte sich über die Erschütterung des kleinen fremden Körpers, den er mit ein paar Atemzügen seines eigenen reicher machte, als ihm bequem war. Das haben die Kollegen mit ihren Freundinnen nicht, dachte er, so viel Niveau.

Sorg dich nicht um mich, zum Teufel sorg dich nicht immer, sagte er bei ihren Rendezvous, weil man diesen Satz auch lieblos sagen kann; er fällt nicht auf.

Er träumte auch von ihr, nämlich: daß sie unter ein Auto gekommen war und er ihren Körper, der nicht zerstört war, mit ehrlichem Gefühl streicheln durfte; jetzt wußte sie endlich keine Antwort mehr darauf. Er erschrak nicht einmal über diesen Traum.

Bald war er Mitte Vierzig, die Saftpresse war ein großer Verkaufserfolg, und ab und zu gingen sie jetzt in einen guten Film statt immer ins Bett. Wenn sie auf ihn zukam, als wäre es Sommer, spürte er: die andere

Stadt war die Ausnahme für sie. Er aber mußte hier leben, die Nachbarn, die forschend geblickt hatten, wiedersehen. – Dafür ließ er sie büßen, wenn sie wieder im Hotelzimmer waren, aber das hielt sie für Leidenschaft, die gewohnte Leidenschaft, und gab ihm immer neue Namen, sogar solche aus dem Alten Testament. Wenigstens schickte sie ihre Briefe nicht mehr mit der Post, sondern steckte sie ihm bei ihren Abschieden zu, dicke Umschläge, er las sie, um das hinter sich zu haben, beim Innenlicht seines Wagens und warf sie dann ins immer gleiche Gully. Aber so etwas wird keine Gewohnheit, die Fetzchen wirbelten ihm in den Schlaf nach, und am Morgen erschrak er zuerst, als er den Vorplatz mit Kirschblütenblättern bedeckt sah.

Sie respektierte, als müßte sie für andere Zeiten vorsorgen, jetzt sogar seine Fluchtbedürfnisse und Kleinherzigkeiten, begann auch das Gewöhnliche an ihm zu pflegen oder zu verzehren, weil sie, wie es schien, auch das brauchte; und er hatte ja selbst einmal mit einem Menschen ein Verhältnis haben wollen. Allmählich kam sie ihm wie eine Mutter vor, besonders im Schlaf; in ihren zwei, höchstens zweieinhalb Stunden kam es ja doch einmal vor, daß sie an seiner Schulter oder auf seiner Brust einnickte. Dann hörte ihr Gesicht zu glänzen auf und wurde kummervoll wie das einer Mutter, aber nicht derjenigen, die er gehabt hatte. So etwas konnte ihn nochmals erregen. Er war froh, wenn ihn sein Fleisch gelegentlich überlistete; ganz ehrlich sein mochte er ja nicht, weil er es nicht konnte, sonst wäre von seiner Liebe nichts übriggeblieben, das verdiente sie nicht.

Seine Sekretärin instruierte er: wenn sich Frau Soundso meldet, bin ich in einer Sitzung, von jetzt an. Einmal fügte er sogar hinzu: es ist immer dieselbe Person, und machte eine Bewegung gegen die Stirn. Niemand hatte ihn dazu gezwungen. Die Sekretärin, Doris hieß sie, kicherte und sagte: Sie sind mir einer. – Doris kam nicht in Frage. – Plötzlich war er wieder ein wenig stolz auf sich. So eine Liebe.

Du hast viele Sitzungen, sagte sie.

Quartalsabschluß, es geht nicht alles glatt, sagte er, du verstehst, wir exportieren, und das ganze Währungssystem ist aus den Fugen. Irgend etwas begleitete ihn heute aus dem Büro, das nicht zu ihnen gehörte; er strich ihr mit dem Finger über die Lippen.

Du, ich habe heute so Kopfweh, sagte sie, schon die dritte Tablette, es hilft alles nicht. Das werden wir gleich haben, sagte er und legte ihr die Hand aufs Knie. Bitte nicht, sagte sie, ich muß mich einfach hinlegen. Dabei hatten sie sich vier Wochen nicht mehr gesehen. Aber es war ja Liebe, sollte Liebe bleiben.

Er blieb sitzen, fühlte sich betrogen, so oft machte er ja keine Sprünge mehr, und heute wäre ein guter Abend gewesen, so etwas spürt man in den Kniekehlen. Aber bitte, dachte er. Bitte sehr.

Er hatte einen Menschen gefunden.

Gegen Ende sagte sie einmal: ich habe gerade in einem Buch etwas Schreckliches gelesen, von Goethe. Da wird von einer Frau gesagt, wenn sie liebte, war sie nicht liebenswürdig. Das muß schrecklich sein.

Nimms dir nicht zu Herzen, sagte er, der Goethe ist auch nicht alles.

Sie sah ihn bestürzt an, aber kaum wegen Goethe, soviel merkte er auch. In Gottes Namen, sie mußte doch wissen, wie er es meinte. Wenn man einander jedes Wort vorrechnen wollte.

Später träumte er wieder, nämlich von einer Versetzung. Die Direktion für München wurde frei. Er erwachte mit nasser Stirn. Um Himmels willen, dachte er, ich habe hier mein Haus, ich kann doch die Kinder nicht verpflanzen, sie haben ihre kleinen Freunde, und meine Frau würde sich in München nie wohl fühlen. Dann erwachte er ganz und wußte: jetzt muß etwas geschehen.

Und es geschah, daß er krank wurde; nichts Gravierendes, nur ein zunehmend empfindlicher Blinddarm mit etwas Fieber. Also Operation. Er schrieb ihr nichts davon, hatte trotzdem immer Angst vor einem Besuch, oder noch schlimmer, einem Brief an die falsche Adresse; also schrieb er, sobald ihm die Wunde erlaubte etwas aufzusitzen, selbst einen Brief. Es ging ihm gut, nur sein Bleistift zitterte. Er schrieb, er sei gesundheitlich am Rande, habe Raubbau getrieben, auch seelisch. Er habe es sich und ihr lange zu verbergen gesucht, aber jetzt sei es am Tage, daß ihr Verhältnis alle Sicherungen durchzuschlagen drohe, er müsse die Notbremse ziehen, auch um ihretwillen, und sie bitten, ihn nicht wiederzusehen. Gedanken blieben ja frei, das sei sein Trost, jeden weiteren müsse er sich versagen.

Die Schwestern in diesem Spital waren lustig, ließen ihn den Schwesternmangel nie fühlen, brachten ihm auf einen Klingeldruck alles, was er begehrte, Tee und Blutverdünner. Schwester Monika, die lustigste, versprach ihm, den Brief von der Nachtwache mitzunehmen, dann komme er heute noch an. Aber sicher? fragte er. Ganz sicher, sagte sie, Monsieur. Sie war besser als Doris.

Seine Frau besuchte ihn fast täglich, auch abends, dafür lag er schließlich privat. Er genas jeden Tag deutlicher, das Reißen in der rechten Bauchhälfte ging allmählich in ein Kribbeln über, das ihn kratzlustig machte, aber gerade das durfte man nicht, es war streng verboten. Er hatte Angst vor ihrer Antwort, aber eigentlich nur davor, daß er den Brief zu ungelegener Zeit erhielt, er hatte ja immer Besuchszeit.

Er durfte die ersten kleinen Schritte im Korridor tun, erst auf eine Schwester gestützt, dann auf seine Frau.

Am zehnten Tag konnten die Fäden herausgenommen werden.

Es kam kein Brief mehr, auch nach Hause nicht, und er dachte mit so viel Erleichterung an sie, daß es sich manchmal wie Wärme anfühlte. Ein Mensch war sie schon gewesen, er war stolz, nicht auf sich, sondern auf sie, das war ihm geblieben und konnte ihm keiner nehmen.

Der Zusenn oder das Heimat

Vielleicht ist es dem Untersuchungsgericht nicht bewußt, daß ich mit meiner Frau Elisabeth sel. 15 Jahre auf dem Fröschbrunnen gewirtschaftet habe und dabei gut beleumdet war, auch zu leben hatte, bis derselbe anno einundfünfzig aus zweifelhaften Gründen mit unserem damals zweijährigen Christian abbrannte und ich auch unser sämtliches Vieh sowie Fahrhabe verlor, weil das Feuer zu schnell um sich griff, auch der Löschzug nicht rechtzeitig zur Stelle war. Der Fröschbrunnen war Familienbesitz seit mehr als 100 Jahren und hat schon mein Großvater zur Zufriedenheit darauf gewirtschaftet. Infolgedessen wurde mein Vater sel. sogar in die Schulpflege gewählt und darf ich von mir sagen, daß ich die Sekundarschule in Krummbach besuchen konnte, weil meine Mutter sel. kein Opfer scheute. Man hätte das Wasser aus der Feuerrose beim Gießhübel beziehen können, aber der Feuerwehrhauptmann blieb bei seiner Auffassung, derselbe sei zugefroren gewesen, was auch ganz richtig war, man jedoch nur das dünne Eis zerschlagen gemußt hätte. So verging mehr als 1 Stunde, bis die Leitung vom Hasenrain herüber gelegt war und auch das Wohnhaus nicht gerettet werden konnte. Der Tod unseres Christians hat zu vielen bösen Gerüchten geführt, obwohl er noch ganz klein gewesen ist und wir immer gut zu ihm geschaut hatten. Das versetzte uns damals einen schweren Stoß. Da das Schadengeld nirgends hinreichte und wir zuerst in der Schattenhalde einquartiert wurden, führte auch dieses zu starken Reibereien, und meine liebe Frau überlebte es nur 1 Jahr, weil sie sich während der Brunst erkältet hatte, welches sich aber als Krebs herausstellte. Auch darunter haben wir viel zu leiden, wo doch jeder wußte, daß wir gut ausgekommen sind und sowieso gestraft genug, auch unsern Zins regelmäßig bezahlt hatten. Aber das Schadengeld wurde uns bösartig herabgesetzt, auch kostete die Operation 5000 Franken, die ich fast nicht aufnehmen konnte, und der Schattenhaldenbäuerin wurde es zuviel, wegen meinen Töchtern, wobei Lina schon 22 Jahre alt war und überall mithalf, auch ich auf dem Feld, während man sagte, ich mache die Kühe scheu und deshalb nicht melken durfte. Daß Barbara erst drei Jahre alt war, dafür konnte sie nichts, machte freilich viel Mühe, welche ich als Mann nicht genug unterstützen konnte und die Schattenhaldenbäuerin selbst in Erwartung war. So mußten wir ausziehen und die Torggelalp von der Gemeinde in Pacht nehmen, wofür ich noch dankbar sein durfte, weil der vorherige Pächter mit Tod abgegangen war, nachdem er abgewirtschaftet und sich erhängt hatte. Es war ihm eben auch zu einsam dort oben.

Daher war auf der Torggelalp seit vier Jahren nichts mehr gemacht worden, aber Lina und ich brachten das Heimat so weit wieder in Ordnung und gelang es uns auch, Barbara günstig aufzuziehen, so daß sie gesund blieb. Nur der Schulweg war so weit, daß sie ihn im Winter nicht immer gehen konnte, deswegen zurückfiel und viel Freude verlor, obwohl ich den Weg jeden Morgen frei machte und dies nicht einmal im Vertrag festgehalten war.

Ich bahnte den Weg bis zur Sennerei, wo ich mich aber nicht aufhielt, auch im Dorf nicht, wegen der Leute, nicht einmal wegen dem Milchgeld. Wenn auch deswegen wieder Gerüchte aufkamen, so ist das typisch, schuld war aber die große Abgelegenheit des Heimat, die durch den Schnee oft schon Mitte Oktober einsetzte.

Auch mußte ich ganz auf Milchwirtschaft umstellen, was ich mir im Fröschbrunnen nie hätte träumen lassen, aber trotz widriger Umstände durchsetzte.

Auch war der Zins so hoch, daß wir beim besten Willen wieder Schulden aufnehmen mußten. Zuerst war es mir vergönnt, jedes Jahr 15–20 Rinder zu sömmern, von privat, aber dann nahmen dieselben undurchsichtig ab, obwohl ich nur verlangte, was recht ist, die Rinder auch in gutem Zustand wieder ins Tal kamen, wo ich mich aber leider nie so lange aufhielt, um den Gerüchten zuvorzukommen. Ferner war meine ältere Tochter Lina oftmals krank, worunter die Wirtschaft aber nicht gelitten hat, da ich sie trotzdem zu Mühe und Arbeit anhielt und unsere Jüngere früh hatte lernen müssen, derselben unter die Arme zu greifen, dann freilich am Schulbesuch gehindert war. Muß ich auch sagen, daß mir sonst Lina ohne Worte und trotz ihrer Beschwerden, die sie im Bauch hatte, eine lebhafte Stütze war und immer noch wäre, wenn man sie jetzt nicht versorgt hätte, woran sie keine Schuld betrifft, und hoffe nur, daß man ihr heute ärztliche Pflege zukommen läßt, weil sie dieselbe verdient hat. Es war ein Schlag für uns, als die Gemeinde wegen Unregelmäßigkeiten, an denen kein wahres Wort war, oder die nur in den gesamten Umständen ihren Grund hatten, und weil ich mich nicht jeden Augenblick rechtfertigte, keine Rinder mehr zur Sömmerung zukommen ließ, so daß ich auf meinen geringen Bestand zurückgeworfen war.

Ist es doch eine Verleumdung, ich sei nicht mehr bei Troste gewesen, nur weil es mir nicht mehr gelang, ein Zucken in meiner Backe zu unterdrücken, und bin ich deswegen gewiß niemandem lästig gefallen, sondern habe kein ungutes Wort aus dem Mund gelassen, was der Pfarrer bestätigen kann, solange er noch kam, später bekanntlich nicht mehr, bis es zu spät war. Als ich wegen des Zuckens nicht mehr gern gesehen war, schickte ich ja Barbara mit der Milch, was ihr gewiß nicht geschadet hätte, hat auch im Laden nur das Notwendigste gekauft, weil gar nicht mehr da gewesen wäre, und wenn sie im Laden manchmal stehen geblieben ist, so nur, weil sie warten mußte und die andern Leute jetzt mehr kaufen können als zu meiner Zeit.

Und wenn gesagt wird, meine Milch sei nicht 100 % gewesen, so hat mir das niemand bewiesen und keiner der Herren zugesehen, wie ich mein Vieh versorgte, das kam immer vor uns Menschen dran, und von wegen kranken Kühen, ich hatte ja kein Telephon, um eine solche allfällig zu melden, damit der Viehdoktor rechtzeitig gekommen wäre, und ist dem doch von der Gemeinde ein Jeep zur Verfügung gestellt worden.

Ich bin auch Bürger der Gemeinde, aber das heißt nicht, daß man meine Töchter einfach versorgen kann, nur weil sie keine Schuld trifft. Es heißt auch immer, ich sei ja nicht einmal mehr zur Kirche gegangen oder in die Beichte, da möchte ich aber bitte bedenken, daß ich schon gegangen wäre, als die Not da war, aber es war zu weit weg, und da sind wir eben mit der Not selber fertig geworden. Wenn das Sünde ist, so können meine Töchter sicher nichts dafür, das müssen auch Sie vom Gericht zugeben, einmal wegen der Jugend, ferner wegen der Armut, und ist zu bedenken, daß Barbara bei alldem vielleicht etwas zurückgeblieben ist. Trotzdem ist dann, als es passiert war, keine Verwilderung eingetreten, ja eine Verbesserung des Haushalts, lebten wir doch endlich im Frieden zusammen und konnten auch den Zins wieder aufbringen, was wie ein Wunder war, auch Gott dafür dankte, bis dann der Pfarrer kam und hinterher der Friedensrichter, alles der Verleumdung wegen. Habe nämlich die Meinung, wenn man eine Familie so lange allein läßt, muß man ihr auch erlauben, wie sie damit fertig wird. Da sie jetzt halt versorgt ist, will ich aber dem Glück meiner Tochter auch nicht im Weg stehen, hoffe nur, daß es sich darum handelt und nicht um den Profit von irgendeinem, weil meine Tochter arbeiten gelernt hat, möchte auch bitten, von Nachstellungen abzusehen, da ich sie nämlich nicht verdorben habe, obwohl es bekanntlich zu unzücht. Handl. kam. Diese waren nur der Ruhe wegen, was Barbara bestätigen kann, wenn sie will, und vergebe ich ihr darum von Herzen, sie soll sich nicht hintersinnen, weil sie mich ins Gefängnis gebracht hat, weil es so unser Schicksal war, wie es scheint, und wir haben jetzt genug davon. Will darum Gott danken, daß sie von der Torggelalp herunterkam, und bitte das verehrte Gericht nur um einige Sorgfalt, damit sie es überlebt. Ich hatte sie eben auch gern, konnte in der Folge nicht gut anders und wüßte auch heute noch nicht was tun. Und hätte sogar meine Frau sel. nichts dagegen, das weiß ich, habe ja ihr gutes Herz fast 24 Jahre mitansehen dürfen und hat sich auch über den späten Kindersegen gefreut, zuerst die Barbara, dann den Christian, der dann ja auch im Feuer geblieben ist. Darum ist sie auch heimgegangen und hat die Familie ganz uns selbst überlassen, das war etwas viel auf ein Mal, wenn man dazu noch gepfändet wird und auf die Torggelalp muß. Wenn meine ältere Tochter Lina der Mutter sel. nicht nachgeschlagen wäre wie aus dem Gesicht geschnitten, weiß ich nicht, was dort oben aus uns geworden wäre.

Man muß aber nicht vergessen, daß ein Mädchen noch etwas anderes im Kopf hat als den Haushalt, auch ein älteres.

Jedenfalls war Lina nicht mehr krank, als Sie uns auseinandernahmen, das mag dem Herrn Pfarrer nicht in den Kram gepaßt haben, weil ihm der Verstand stillstand, aber er war ja geistlich und über die Jahre hinaus, wo man geplagt ist.

Sollte Lina aber jetzt wieder beschwerlich geworden sein, dann haben die Leute das fertiggebracht, denn meine Tochter hat eine starke Natur und wird überall gesund, wo sie gebraucht wird. Ich wußte es ja selbst nicht, daß ich als 57 Jähriger nochmals geplagt würde, und war es auch ein kalter Morgen. Ich wollte zum Füttern und sah, daß sie noch kein Feuer gemacht hatte, sondern die Küche leer war, und der Atem blieb Ihnen vor der Nase stehen. Ich war erschrocken, liebes Untersuchungsgericht, denn kann nur sagen, daß so etwas in 10 Jahren noch nicht passiert war, auch wenn sie Bauchweh hatte, sie schleppte sich hinunter und stellte den Kaffee auf den Herd. Alle Fenster waren gefroren und alles wie in einem Friedhof, da hätte ich Sie sehen sollen, denn so still war es seit dem Tod meiner Frau nie mehr gewesen. Aber daran dachte ich nicht in diesem Augenblick, ich verspreche es Ihnen, das kam erst später über mich.

Ging die Treppe hinauf zur Kammer, die Kleine schlief ja noch, was nicht auffiel, denn wir hatten sie immer schlafen lassen, wenn es zu kalt war, hatte ja auch nur einen Verschlag dazu, aber ein warmes Bett, da war sie am wohlsten, was sollte sie anderswo. Ich dachte einzig, daß wir wieder Eins weniger sein könnten und klapperte aus diesem Grund vor Angst, klopfte nicht einmal an Linas Tür, sondern riß dieselbe ohne weiteres auf. Ich schreibe das nur, damit Sie die Umstände wissen, und nicht, damit Sie dabei wieder etwas Schmutziges denken. Denn da in der kalten Kammer saß meine Frau im Hemd, im bloßen Hemd, verehrtes Untersuchungsgericht, drehte sich gar nicht um, sondern machte ihre Sache wie zuvor, war etwas nach vorn gebogen, um sich im Spiegel zu sehen, der nur ein kleiner Spiegel war, und fuhr sich mit ihrer Bürste über die Haare. Dieses tat sie aber so langsam, daß diese Langsamkeit, mit dem bloßen Hemd zusammen und dem Atem, der den Spiegel beschlug, so daß sie mit der freien Hand darüber wischen mußte, mir ins Herz schnitt und mich ganz schauerlich machte, ich kann es nicht sagen, und war meine Frau doch viele Jahre tot. Was machst du, fragte ich, hör doch auf, du erkältest dich ja. Sie sagte, und drehte sich gar nicht um: Warum nicht, sagte sie, ganz ruhig und komisch. Hinterher sagte sie, daß sie von der Mutter geträumt hatte, und erst da, ich verspreche es Ihnen, merkte ich, daß ich auch von der Mutter geträumt hatte, aber dann war es schon zu spät.

So lange ich noch dort stand in der Tür, sah ich nur, daß sie sich nicht einmal umdrehte, und infolgedessen, daß ihr Haar schon an mehreren Stellen grau geworden war. Bedenken Sie, daß Lina ins Siebenunddreißigste ging, was normal ist, nur daß ich bisher als Vater nie darauf aufgepaßt hatte, ferner die Kälte, und daß ich mich vom Schrecken her in einem abnormalen Zustand befand. Deshalb spielte sich alles so schnell ab, daß ich mich nicht mehr erinnern kann, wie es dazu kam, da habe ich nicht gelogen, obwohl Sie es ja genauer wissen wollen, aber wem hilft so etwas jetzt. Ich weiß auf Ehre und Seligkeit nur noch, daß mir plötzlich leichter wurde und das Gesicht Linas mit einem rosigen und müden Ausdruck, den sie seit Kindesbeinen nie mehr gehabt hatte, neben mir auf dem Kissen lag, und wir beide atmeten. Es tut mir leid, daß ich Ihnen nicht mehr sagen kann, außer daß es eben vorkam, das war auch alles, und Sie sind doch schließlich erwachsene Leute, auch der Unrechtmäßigkeit des Tatbestandes im Moment nicht bewußt, aber das Alter war es nicht, sondern im Gegenteil, 57 sind ja leider noch kein Alter. Item, ging dann die Tiere füttern, und als ich zurückkam, stand Lina ohne weiteres am

Herd und summte ein Lied und war der Kaffee schon fertig. Dabei blieb es bis zum Abend, außer daß ich nicht einschlafen konnte, sondern grausam geplagt wurde. Trank mehrere Gläser Branntwein, läßt dich vollaufen, sagte ich mir, dann spürst es nicht mehr so. Dieses war aber nicht der Fall, auch die ganze Stimmung im Haus verändert, wie Weihnachten, weshalb ich mich zurückzog zwecks Selbstbefleckung, wie schon all die Jahre, wenn ich geplagt war. Die Stimmung ließ aber nicht locker, Sie müssen auch nicht denken, daß solches oft geschah, war nur ca. 4–5 Jahre nach dem Tod meiner Frau täglich geplagt, später vielleicht 1 Mal per Monat und dann hörte es ganz auf und lebte wie ein anständiger Witwer. Ich sagte mir, was ist da los, dir gehört doch kein Weihnachten mehr, nicht einmal müde, und ging infolgedessen auf einen Gang hinüber zu den Tieren, was mir fast immer geholfen hat.

Obwohl ich damals nur noch zwei eigene Tiere hatte und 6 Geißen, auch einem der Atem an der Nase gefror, kam ich ins Schwitzen, wenn ich nur hinsah, hatte dasselbe doch schon 1000 Mal gesehen, drehten sich auch mit den Köpfen nach mir um, als wollten sie mir etwas, wie verhext, so ging ich wieder hinaus und immer durch den Schnee, bis dahin, wo mir in den Sinn kam, jetzt legst dich hin, dann wird dir schon besser. Dachte dann aber in der Kälte, daß meine Töchter das Geld zur Beerdigung nicht aufbringen würden, sondern dem Gespött ausgeliefert, wenn auch hinter vorgehaltener Hand wie immer, das gönnte ich ihnen nicht, mußte überhaupt immer an meine Töchter denken, aber nicht wie Sie meinen, und kroch wieder auf die Beine. Stand daher plötzlich wieder vor dem Heimat, mußte in einem Bogen gegangen sein, das kommt vor im Schnee. War ja nicht mein eigenes Heimat, das hatte ich immer gewußt, aber wenn Sie müde sind und Obiges vorgefallen, sehen Sie es wie zum ersten Mal. Stand also wie fremd vor diesem Heimat und wußte nicht mehr, was, fürchtete mich, hineinzugehen. Ich dachte, etwas passiert dann schon, wenn du da stehen bleibst lange genug, einmal ist die Musik, ich hörte nämlich die ganze Nacht Musik, zu Ende, und die Sterne waren draußen, es wurde rasch kälter, dem Morgen zu. Weil aber schon der Schnee alles erhellte, sah ich, daß oben ein Fenster offen stand, bitte nicht, lieber Gott, sagte ich dazu, aber es half alles nichts, also rief ich, mach doch zu, mach doch zu du Schwein, ja das rief ich, weiß aber nicht, ob es erhört wurde, hatte auch nicht viel Stimme und blieb alles wie zuvor.

Wenn ich den Kopf etwas wegdrehte, sah ichs deutlicher, konnte aber immer nicht sicher sagen was, wenn ich grade hinschaute, war es bald da und bald wieder nicht, aber etwas Weißes war es immerzu.

Man will doch wissen, Ihr Herren, ob da etwas Eigenes bei einer solchen Kälte so lange am offenen Fenster steht und sich den Tod holt, ging also ins Haus hinauf, aber die Plage war es nicht, spürte ja nicht einmal meine Füße mehr. In Linas Kammer war alles offen und das Fenster auch, aber da stand niemand, und hatte schon wieder Angst, was sie sich angetan hat. Streckte die Hand aus bis dahin, wo es am dunkelsten war, denn da war das Bett, bis ich etwas Warmes spürte, etwas Lebendiges, welches da war. Sagte Gott sei Dank, ohne daß sie es hören konnte, weil sie unter der Decke lag und ich sie trösten wollte. Da hielt sie aber meine Hand fest und sagte Komm doch du Idiot, komm doch du Schlappschwanz, sagte es ganz deutlich, und schlug ich darauf ein, weil ich plötzlich nichts mehr von mir wußte, und muß es dabei zum zweiten Mal geschehen sein, denn plötzlich war da wieder Friede und keine Musik mehr. Den Schlappschwanz dürfen Sie meiner Tochter nicht übelnehmen, das war offenbar eine Art Scherz, ich hatte ja auch Schwein gerufen und es nicht so gemeint. Sie können das Sünde nennen, aber immer diese Kälte, und ein Schlappschwanz bin ich nicht, leider, deshalb blieb ich, bis es warm war. Es dankt es uns ja doch niemand, wenn wir uns mit der Kälte plagen, und ist die Not zu groß, als daß sie uns vergeben werden kann wie der Pfarrer sagte, ob wir nun wie Mann und Frau leben oder nicht.

Infolgedessen hatte Lina kein Bauchweh mehr, wir waren auch freundlicher zueinander und kümmerten uns, konnte auch dieses Jahr meinen Zins pünktlich zahlen, weil ein Segen darauf lag. Konnte zwei Kühe dazukaufen und alle vier führen, welche Kuhkälber warfen und übers Jahr prämiiert wurden, was ermöglicht wurde, weil die Preisrichter in Krummbach meine Lage nicht so kannten, und wurde augenscheinlich, daß ich ohne Vorurteile recht wirtschaftete, auch ein Darlehen der Kleinbauernhilfe bezog, welches gestattete, das Dach neu zu decken und ein lange ersehntes Klärbecken zu mauern, aber wieder böses Blut machte im Dorf. Denn hohes Gericht es ist heilig wahr, daß man sich auf den Kopf stellen kann, das böse Blut läßt sich nicht belehren, besonders wenn das Dorf klein ist.

Es ist auch wahr, daß ich meinen Töchtern je 1 neues Kleid kaufen lassen konnte, was heutzutage sogar in abgelegenen Gegenden kein Luxus ist, habe dafür auch den Ausverkauf abgewartet und gewiß nicht herrlich und in Freuden gelebt. Hatten wir doch nur so viel, daß wir uns an unsern Zustand etwas gewöhnen konnten.

Mich betreffend kann ich nur beifügen, daß ich seit dem Tod meiner Frau sel. nie mehr in einer Familie gelebt habe, dieses aber jetzt vermehrt der Fall war. Wurde auch beim Weißen des Stalls von unserer Jüngeren beim Singen überrascht! So viel kam mir gewiß nicht zu, mochte es einzig meinen lb. Töchtern gönnen.

Nach Erledigung ihrer Schulpflicht wollte Barbara ja keine Stelle antreten, da sie von den Hänseleien genug hatte, das Reißen im Gesicht auch stärker wurde, welches sie geerbt haben muß, obwohl ich es an mir selbst nicht immer kannte. Konnte auch der Viehdoktor keine vernünftige Ursache davon angeben, außer daß es nervös sei und hätte ihm doch seine Pillen bezahlt bei Heller und Pfennig. So ergab sich, daß Barbara bei uns blieb, auch selbst keine Begierde nach einer Lehre äußerte, welcher ich gewiß nachgegeben hätte, will meinen Töchtern vor nichts stehen, da ich beide gern habe, wenn auch nicht wie Sie meinen. Wußte auch kein Wort davon, daß sie in der Hütte regelmäßigen Verfolgungen von Seiten des Zusenns ausgesetzt war, dem Ihnen wohlbekannten Füllemann, der ihre Notlage ausnützte, weil sie nie dazu Stellung nahm in der Öffentlichkeit, vielleicht dachte, wir hätten schon Kummer genug. Wäre aber besser gewesen, dann hätte ich beizeiten dem Zusenn ruhig den Schädel eingeschlagen. Was man mir aber vorwirft, weil es der Zusenn aus ihr herausgeholt hat, das hatte eine andere Bewandtnis, als wie es herumgeschwätzt wurde und weswegen ich jetzt im Gefängnis bin. Nämlich weil ich meine jüngere Tochter gern hatte, konnte ich nicht widerstehen aus Sorge um deren Gesundheit, was ich nicht besser verstand, da sich ja nicht einmal ein Viehdoktor die Mühe nahm, habe ihr deswegen aber geschweige keinen Hochmut ins Herz gepflanzt, daß sie sich beim Zusenn dessen rühmen sollte, was bestimmt aus Notwehr geschehen ist und allzu großer Verfolgung, war ja noch ein halbes Kind, welches sie heute noch ist.

Denn hohes Gericht, Sie hätten auch nichts anderes tun können, wenn Ihre Tochter so schwer darum gebettelt hätte und Sie es nicht mitansehen können, nur weil das Mädchen nicht Bescheid weiß, aber körperlich reif war und darunter zu leiden hatte wieder wegen der Abgelegenheit des Heimat, was nur auf der Torggelalp geschehen konnte. Der Fröschbrunnen ist eben abgebrannt, meine Frau heimgegangen und ich mit den Töchtern allein, von denen eine jetzt 37 und die andere 21, was ein großer Abstand ist, aber doch nicht in Betrachtung des weiblichen Körpers, da ist es schwierig, keine Liebe zu zeigen, wenn es Lina plötzlich besser geht, die Jüngere aber gleich hinter der dünnen Wand schläft und geplagt wird auf ihre Art.

Da sie keinen tiefen Schlaf hatte, wollte ich ihr das

abnehmen, das ist der ganze Grund, und fand je länger je weniger jemand etwas dabei, wenn der Zusenn es nicht aus ihr herausgeholt hätte, wird schon gewußt haben warum. Und wenn gesagt wird, daß sie in Tränen ausbrach, so hätte ich Sie sehen wollen, wenn Sie als halbes Kind unter den Füllemann geraten wären, was ja erst 7 Monate später war, die Tränen auch wieder kamen wegen des Pfarrers, der spät genug erschien, bei mir war dasselbe nie vorgekommen.

Der Tatbestand war vielmehr dieser, daß meine jüngere Tochter mir im Frühjahr damit kam, ich wisse sie nicht zu schätzen, weil Lina es besser habe, die auch nur ihre Schwester sei. Ich habe dasselbe zuerst in den Wind geschlagen, bis meine Jüngere sich krank ins Bett legte und nicht mehr aufstehen wollte, auch das Reißen in ihrem Gesicht so kräftig wurde, daß das Meinige wieder hervortrat und um ihren Verstand fürchtete, sang auch so laut, wenn ich bei Lina war, daß ich dachte, es würde eine Sau gestochen, traute sich aber niemals herein, weil sie ein anständiges Mädchen ist. Im Märzen trat aber solches Bauchweh bei ihr ein, daß ich dachte Oh weh, es ist wohl besser, du machst ihr Frieden, mich deswegen mit Lina besprach, die ein richtiges Hausmütterchen geworden war. Aber es trifft nicht zu, daß sie mir dazu geraten hat, sie wußte nur, was sein mußte, mußte sein. Daher, als Lina mit der Milch zur Hütte gegangen war, brachte ich Barbara eine Kachel kuhwarm in die Kammer, mußte ihr ja alles nachtragen, was beschwerlich wurde, und war es der 23. März. Nahm auch sofort meine Hand, daß ich fühlen mußte, ob da keine Geschwulst sei, und als ich fühlte, begann wieder dieses grausame Geschrei samt Krämpfen, welche ihr von Auge sichtbar über den ganzen Leib liefen und dauerte mich so, daß ich mir nicht mehr zu helfen wußte, sondern das Folgende geschehen ließ. Dann stand sie ganz freundlich auf und lächelte wie ein Schelm, hatte aber die Tochter zu gern, als daß ich ihr etwas nachtragen sollte, bat sie nur aufrichtig, daß es nie wieder vorkommen sollte. Worauf sie die Milch, welches sie zuvor weit von sich gewiesen, ohne Schwierigkeit zu sich nahm, ging dann voller Vernunft in die Küche und rüstete ein Nachtmahl, welches sie lange Zeit nicht mehr getan, ja sott und briet, daß mir angst und bange wurde und wir uns an diesem Abend recht ernährten, in großer Vergessenheit auch Branntwein zu uns nahmen, bis es zu weiteren Handlungen kam und ich sogar der treibende Teil war, was ich meinen Töchtern heute anzurechnen bitte. Das war der 23. März. Ich muß nämlich beifügen, daß ich wegen beständiger körperlicher Arbeit immer noch im Saft bin, wider Erwarten, auch kein Mittel dagegen gewußt habe, bis Lina die Angelegenheit in die Hand nahm, dies aber aus gutem Willen beiderseits geschah, wie auch der Verkehr mit meiner Jüngeren, den ich ja nicht mehr nötig hatte.

Soll mir aber das verehrte Gericht einen Weg sagen, wie man einer armen Person wie Barbara von ihrer Sache helfen kann, wenn die Wände dünn sind und keine Aussicht, daß sie einen rechten Mann bekommt, weil sie schon in der Schule nicht nachkam, aber nur wegen der Torggelalp, wo man aus unserer Lage kein Geheimnis machen kann wie andere Leute. Denn liebes Gericht, die

Armut war vorher, das muß ich ganz deutlich sagen, die hat viele Beschwerden im Gefolge, wovon man nur das Gröbste lindern kann, wenn einem sonst keiner hilft.

Es wäre darum das erste Mal gewesen, daß ich eine Tochter der andern vorgezogen hätte, drum mußte ich sie drannehmen, und nicht, weil ich geplagt war. Nachher war Ordnung bei uns, da können Sie jeden fragen, und wenn es Sünde war und jetzt keiner mehr etwas von uns wissen will, so bitte ich Sie doch, aus dem geschl. Verkehr kein übertriebenes Wesen zu machen, welches wir auch nicht taten, sondern der Frieden war die Hauptsache, und haben wir ja keinen Menschen gestört, sondern sind nie auf Rosen gebettet gewesen. Und verspreche Ihnen, daß die Unzucht keine reine Freude war, weil eine solche auf der Torggelalp gar nicht vorkommt, sondern nur etwas Trost.

Früher hatten wir uns wohl auch ein Gewissen gemacht, aber das hörte auf, weil meine Töchter nicht mehr am Bauchweh litten und dies besser war als viele Gedanken, uns im Winter sogar manchmal fröhlich machte. Es gibt immer Leute, die sich ein Gewissen machen und sagen einem dann doch nicht, was man gegen die Kälte vorkehren soll oder die Schmerzen, wenigstens hat es uns keiner gesagt. Als der Pfarrer endlich kam, hatten wir dieses nicht mehr erwartet und wußten auch nicht recht, was damit anfangen, und er auch nicht. Denn er kam ganz langsam, Lina sah es von weitem und sagte O mein Gott. Darum, als er keine Worte fand, nur fragte, wollen Sie nicht beichten, da konnte ich ihn nicht unterstützen und antwortete rechtmäßig, ich wüßte nicht, was beichten, und er entgegnete, er glaube doch, und konnte mich nicht einmal grade ansehen. Jahrelang hätte er beobachten können, wie es mich oder Barbara im Gesicht riß, auch das Bauchweh meiner Tochter Lina, aber das war alles nichts gewesen, erst jetzt, wo alles gut ging, wenn auch ohne seinen Segen. Ich ließ ihn diese Gedanken wissen. Er sagte, daß er nie auf die Leute höre, aber sei verantwortlich, daß der Bazillus sich nicht ausbreite und die halbe Gemeinde beim Gedanken an uns krank würde, und könne ich es erst recht nicht verantworten, weder vor Gott noch meinen Töchtern. Ich sagte, ich könne vieles verantworten, so lang der Mensch Hilfe brauche und die Wege nicht immer deutlich seien, weigerte mich kurz und gut, deswegen zu beichten, wo er mich immer noch nicht ansehen durfte, sondern nur mit der einen Hand seine Hüfte streichelte.

Bot ihm dann einen Schnaps, worauf er nicht eintrat, sondern sagte: wenn Sie das Beichtgeheimnis nicht beanspruchen, muß ich Sie als Mitbürger auffordern, sich zu stellen, weil Sie sonst Scherereien bekommen, Sie machen das Dorf unglücklich mit Ihren Zuständen, oder wollen Sie lieber, daß Ihnen eines Nachts das Dach über dem Kopf angezündet wird? Hohes Gericht, da erschrak ich, als ich das mit der Feuersbrunst hörte, war mir doch schon früher ein Kind in einer solchen umgekommen, auch da die Ursache dunkel gewesen, obwohl ich niemals Grund zur Klage gegeben hatte. Worauf meine Tochter Barbara ins Zimmer fuhr und das Unglück sehr groß machte, indem sie schrie, daß der Pfarrer ein schmieriger Fink sei und sich die Nase wischen solle vor lauter Topfgucken, wenn es ihn nichts angehe, und ob der Zusenn auch gebeichtet habe, was er ihr angetan? Da war es endlich heraus mit dem Zusenn, und ergab sich in der Folge, daß derselbe ihr wiederholt abgepaßt hatte, wenn sie unbeholfen war wegen der schweren Tanse, sie dabei angefaßt, was sie ihm widerraten. Schließlich aber Ende Juni so weit gegangen, daß er ihr bald nach der Hütte den Kopf auf einen Stein geschlagen, daß sie nicht mehr konnte, und sie gebraucht, weil sie keinen Beistand in der Nähe, darauf noch höhnisch gesagt, wie gut das Wieslein gemäht gewesen, ob er ihr denn nicht wehgetan? Infolgedessen meine Tochter in Besinnungslosigkeit geschrieen, mit seinem elenden Stummel könne er keiner Person weh tun, geschweige denn wohl. Worauf derselbe nur seine Hose zugeknöpft und gesagt, wohl, das freue ihn aber für unsern Bock, daß er die Geißen wieder ganz für sich habe, nachdem der Bauer mit seinen Töchtern einig geworden sei, und solle sie nur ja die ganze saubere Wirtschaft grüßen, setzte sich aber den Hut auf und ging. Das war eine traurige Rede, wie es denn wohl bekannt ist, daß einsame Männer sich an das Getier halten müssen, wenn ihnen jahrelang kein lebendiger Mensch mehr zur Hand ist, welches ich aber auch in der größten Not nicht getan, sondern erst um meinen Töchtern Frieden zu machen vom geraden Weg abgewichen, wessen sich die Jüngere freilich nicht hätte überheben dürfen, habe ihr auch nie so etwas ins Herz gepflanzt.

Ist aber zu bedenken, hohes Gericht, daß sie von dem Zusenn gebraucht worden, und dies ohne jede Verständigung.

Ich habe immer gemeint, es müsse da ein Einvernehmen sein und gehören zwei dazu, auch bei armen Leuten, und etwas Freude, woran es nicht einmal das Vieh
fehlen läßt auf seine Art. Dieses aber war erfüllt zwischen meinen Töchtern und mir, da wir es wegen der
Wärme begingen und nicht das Wichtigste war, sondern damit die Familie beisammenblieb, und ist dabei
niemals Gewalt gebraucht worden. Der Zusenn aber
beichtete die Untat dem Pfarrer und wurde seine
Sünde los, indem er das Gericht über unser Heimat
herabzog und wir alle die geringe Hoffart Barbaras
grimmig zu büßen haben. Nun wollen Sie mehr wissen, als ich aufwarten kann, ist doch der rechte Schreck
erst eingetreten und das Verderben, nachdem sich alle
des Handels so inbrünstig angenommen haben.
Der Zusenn kam leicht davon weg, weil er jung ist und
saudumm, aber einem älteren Fleisch wird niemals ver-
ziehen, wenn es geplagt wird, und hat es doch viel
schwerer damit als irgend ein Schnösel und Lumpen-
hund. Wäre meine Tochter Lina aber jünger gewesen
und die Angst nicht, ich hätte mich niemals an derselben vergriffen, sondern weil ich ihre grauen Haare
sah und mich das Erbarmen packte wie eine Wut, daß
diese Tochter nicht richtig genommen werden sollte,
sondern ihr Bauchweh stumm mit sich schleppen ein
Leben lang, welches mich bis heute viel tierischer be-
dünkt als alles andere. Und auch dieses war nicht wegen dem Fleisch, sondern weil das Fleisch mit einer
Seele geplagt ist und nichts mehr zu hoffen hat, wenn
es keine Wärme findet, was ich infolgedessen nicht länger mitansehen konnte.

Das andere wiederum, wie ich ausgeführt habe, knüpfte sich logisch daran, weil ich Barbara nicht verkürzen durfte und den Verkehr niemals als solchen betrieb, sondern damit die Mädchen etwas Freundliches hatten im Leben.

Und soll es mir ganz recht sein, wenn mich nun die ganze Schuld trifft, weil Männer es immer besser wissen müssen. Ich wußte es nicht besser, habe mir nur bei den strafbaren Handlungen Mühe gegeben, das Richtige zu treffen.

Indem Sie meine Töchter versorgt haben und einen Vormund bestellt, werden Sie es wohl besser wissen, und bitte ich nur, daß den Töchtern, da sie Mädchen sind, die Schande weitgehend erspart bleibe, ev. in einem andern Tal, wo sie neu sind. Ist uns ja niemals im Leben soviel Aufmerksamkeit zuteil geworden, wie nach dem Besuch des Pfarrers, worunter ich nur den Friedensrichter nenne, hierauf den alten Lehrer von Lina, zweimal den Landjäger und dann ein regelrechtes Polizeiaufgebot sogar mit Hunden, als ob wir daran gedacht hätten, auszureißen, wo wir nicht einmal gewußt hätten wohin. Sind die Netze ja überall so dicht gesponnen. Habe seither meine Töchter nie mehr gesehen und genug von den Verhören, wenn ich so sagen darf, weiß nicht, ob sie dieselben auch unterzogen und ob es genützt, werden kaum alle Ihre Worte begriffen haben, wenn auch sicher zu Herzen genommen. Bitte deswegen schon an dieser Stelle um Entschuldigung. Will auch nie mehr einen Brief meiner Töchter bekommen, wenn das schaden kann, möchte nur gern wissen, ob sie den Umständen entsprechend verbeiständet sind und wäre sehr entgegenkommend, Ihrerseits diesbezüglich eine Beruhigung zu erfahren. Ersuche auch um Belehrung, wie ich mich bei den Verhören ein für allemal ausdrücken soll, da ich wohl sehe, mit meiner Redensart die Herren keineswegs befriedigt zu haben, sondern womöglich alles nur schlimmer gemacht, wenn auch wahrheitsgemäß.

Über die Erscheinungen in meinem Gesicht, welche ich losgeworden, nun aber wiedergekommen, bitte ich sich nicht zu beunruhigen, aber auch nicht stören zu lassen, wenn es geht. Ich komme schon zurecht.

Einzelheiten der strafbaren Handlung machen mich leider verlegen, da der Vorgang erwachsenen Menschen ja wohlbekannt ist, möchte nur bemerken, daß diese denselben in der Regel unter günstigeren Umständen abwickeln können, glaube auch nicht, daß von meinen Töchtern mehr darüber zu erfahren wäre, als jede rechte Frau weiß.

Geben Sie da endlich Ruhe, verehrtes Gericht, weil Sie es besser haben, ich könnte sonst sagen, was mich reut, will meine Töchter gern zur Unzucht verführt haben, wenn Sie darauf bestehen und ich das Los der Mädchen dadurch erleichtere.

Vielleicht ist es auch möglich, den Vormund meiner Töchter so zu wählen, daß es kein geistlicher Mann ist. Diese machen sich leider oft falsche Vorstellungen, welche die Bevormundeten dann ausfressen müssen, aber nicht immer können, was zu Tragödien führt.

Jeder Mensch ist geplagt auf seine Art, und habe ich gelernt, daß der Stärkere dann einen andern deswegen drücken muß, wobei ich den guten Willen nicht in Abrede stelle und gar nichts gesagt haben möchte.

Ich habe Ihnen nur geschrieben, weil meine mündlichen Worte zu Ihrer Zufriedenstellung nicht ausreichen und weil Sie vielleicht trotzdem Gelegenheit nehmen, meinen Töchtern einen Gruß zu bestellen, welchen ich hiermit niedersetze, aber auch dieses nicht meinetwegen, sondern weil sich die Mädchen in diesen Jahren wieder etwas Wärme gewohnt waren.

Bitte auszurichten, ich dächte Tag und Nacht an meine Töchter, aber nicht wie das hohe Gericht meint.

Der blaue Mann

Ich bin nicht geizig. Ich habe nur Angst davor, Geld auszugeben. Genauer wäre es wohl zu sagen, daß ich überhaupt Angst vor dem Geld habe, vor seiner Unberechenbarkeit gegenüber denjenigen, die rechnen müssen, die sich um es kümmern müssen. Ich habe diese Eigenschaft des Geldes als Kind im Hause meiner Eltern so deutlich erlebt, als wäre sie ein Bestandteil der Luft gewesen, die ich atmete, oder ein schwacher alltäglicher Schmerz in der Brust, den man nicht tragisch zu nehmen brauchte, solange er nicht stärker wurde. Meine Eltern arbeiteten beide, aber ich wußte, ohne daß sie es mir sagten, daß das Geld, das sie mit ihrer Arbeit verdienten, für uns kaum eben zum Leben reichte. Wir Geschwister wuchsen hinter Obstbäumen in einer noch ländlichen Gemeinde auf, es blieben immer Äpfel für uns liegen, aber das Beängstigende war, daß es offenbar der dauernd angespannten Kräfte beider Eltern bedurfte, um den Druck der Not von unseren Wänden fernzuhalten, die sich in meinen Träumen auch schon etwas bogen. Die Mutter brauchte nur eines Tages einen Knöchel zu brechen, und wie zerbrechlich wirkten ihre Knöchel, dann gab etwas nach, und ich glaubte zu wissen, daß dann kein Halten mehr sei, daß das bißchen Kinderhelle, in der ich aufwuchs, mit einer fürchterlichen Bewegung, deren Art ich mir nicht vorstellen konnte, weggewischt sein würde. Zwischen uns und der Katastrophe stand nur noch das Geld, aber ich spürte, daß die paar hundert Franken im Monat durch die höhnische Sparsamkeit, mit der sie sich herbeiließen, mit der Katastrophe heimlich verbündet waren, ein böser Spott, der nicht verdiente, daß meine Eltern sich seinetwegen abarbeiteten, und der ihnen doch keine andere Wahl ließ.

Wie anders ging es in den Häusern einiger meiner Freunde zu! Da redete man mit dem Geld offenbar von Gleich zu Gleich, ja, es brauchte von ihm nicht einmal die Rede zu sein. Es war geschmeidig geworden, zahm, es hatte sich mit der Mutter meines Freundes Hugo in die Sofaecke gesetzt und plauderte so liebenswürdig durch ihren Mund, als wäre ich zu retten und nicht der Sohn ihrer Putzfrau. Es versprach, was es bei uns nie tat, Sicherheit, ja Sicherheit gegen den Tod. Kinder haben ein empfindliches Gefühl dafür, wie schmal die Decke ist, nach der sie sich strecken müssen. Sie gewöhnen sich daran, keine Bewegung zu tun, die der Finsternis, dieser ewig jungen Katze, verraten könnte: hier rührt sich noch etwas, hier schlag zu. Ich zwang mich zu einer vorsichtigen Lebensweise, denn ich war mir früh bewußt, welche Herausforderung an ein spielerisches Schicksal mein Wesen bedeuten mußte, das dünn mit angezogener Schulter herumlief und ihm keinerlei Humor entgegenzusetzen hatte. Ich wußte es so gut, weil ich mich an den Quälereien eines Schulkameraden, auf den diese Beschreibung körperlich zutraf, selber gern beteiligt hatte. Und wenn ich dabei vor der äußersten Grausamkeit zurückschreckte und mich nicht getraute, ihn ganz fühlen zu lassen, was ich selber fürchtete, so nur, weil ich mich noch weniger getraute, aufzufallen und die Aufmerk-

samkeit der Gewalt, die ich in den Augen der Rädels-
führer glitzern sah, auf mich zu ziehen. Es erstaunte
mich nicht, daß jener Schulkamerad, Bruno hieß er,
eines Tages im See ertrank, obwohl er, wie man
betonte, schwimmen konnte. Ich wußte genau, wie
sehr das unvernünftige Element darauf gewartet hatte,
ihn zu verschlingen, und wie es schon in unsern Fingerspitzen gezuckt hatte, als sie sich um Brunos Hals leg-
ten. Die Armut, die in Brunos bleichem, süßlichem Gesicht geschrieben stand, war ein schreckliches Lockmittel
für seinen Tod. Da seine Mutter, wie die meine, Trep-
penhäuser anderer Leute gereinigt hatte, bildete ich
mir ein, er sei an meiner Stelle ertrunken, und es brauche mich jetzt nicht mehr zu treffen.

Ich richtete mich im Leben ein, weder laut noch leise,
ich besuchte, wie meine Geschwister, die dritte Klasse
der Sekundarschule. Weiter wagte ich mich, trotz meiner guten Zeugnisse, nicht vor. Ich hätte den Schritt
an die Kantonsschule, zu der mir mein Klassenlehrer
riet (was blitzte dazu in seinen Brillengläsern? ich
kannte es, es konnte mich nicht täuschen), nur mit
geschlossenen Augen tun können, und das wäre gerade
die Gelegenheit gewesen, auf die mein Glück wartete,
um mich endgültig fallen zu lassen. In der großen
Masse junger Lehrlinge fühlte ich mich zwar nicht
sicher, aber etwas besser getarnt. Was da zugreifen
wollte, konnte sich unter so vielen leichter vergreifen,
wie im Falle Brunos, und so lief ich weder an der
Spitze noch am Ende mit und sah nur zu, daß ich
geduldet blieb und ein schlechtes, jedenfalls bewegli-
ches Ziel.

Freilich ließ mich die Ironie, die das Netz aller Verhältnisse spinnt, vielleicht meiner ängstlichen Gewissenhaftigkeit wegen auf die Buchhalter-Laufbahn geraten, also in die größte, ja betäubende Nähe des Geldes. Aber mir schien, ich hätte es eben so überlistet, wie ein Stierkämpfer (ich sah einen Stierkampf in meinen letzten Ferien, ich komme darauf zu sprechen) sich ja auch gefahrlos an die Flanke des Ungeheuers preßt, wenn dessen Hörner an ihm vorbei sind. Dieser mörderische Winkel war, genau berechnet, der sicherste. Das Geld mußte mich schonen, ja ich genoß, an meinem Schreibtisch still vor mich hinarbeitend, den Schein seiner Beherrschung. Es ließ sich von mir, ohne daß ich es zu berühren brauchte, in Kolonnen einordnen, deren schwindelerregende Höhe mich nicht zu kümmern brauchte, es gab sich die Miene, unter meiner Hand *aufzugehen,* und wenn ich von den Abfällen eines so großmütigen Spieles zu leben hatte, war es mir genug. Ich hatte sehr wohl getan, mich beizeiten sicherzustellen. Als meine Eltern starben, womit sie uns immer gedroht hatten, manchmal mit Worten, öfter durch ihre wortlose Müdigkeit, da waren wir Kinder bereits im Trockenen, jedes hatte sein Auskommen, und der Wirbel, der sich um ein Grab bildet und der schon aus meiner Kindheit alles Feste gesogen hatte, brauchte uns nicht mehr zu verschlingen.

Daraus, daß ich mir dieses Jahr Ferien in einem südlichen Land geleistet habe, wird man schließen, ich habe mein Verhängnis abgeschüttelt oder es sei über mir eingenickt. Es wäre schön gewesen. Aber ich habe mich zu früh bewegt. Ich habe mich in die Sonne locken lassen und dabei vergessen, welchen Schatten ich warf, einen Schatten, der von meiner Sicherheit nichts wußte und die Gestalt des blauen Mannes hatte. Ja, ich hatte mich so verbessert, daß ich darüber mein Gedächtnis verlor, meine Angst, die meine einzige Hoffnung ist und vielleicht meine Rettung gewesen wäre.

Es fing alles so gut an. Ich liebte meine Frau; wenn solche Worte zu mir paßten, würde ich sagen, ich liebe sie noch. Meine Frau brachte ein kleines Vermögen in die Ehe, das ich, dank meiner Verbindungen in der Bank, mündelsicher anlegen konnte. Als meine Frau guter Hoffnung war, schien mir der Abschluß einer Lebensversicherung geboten, deren Höhe zwischen uns Gegenstand häufiger Neckereien war – ich dachte damals, sie habe sich gern daran beteiligt, zurückgeneckt; heute bin ich mir nicht mehr sicher. Damals empfand ich nur den Zuwachs einer ungeheuren Freiheit, die ich gern mit einem Teil meines Gehalts bezahlte. Sie ging so weit, daß ich mich sogar über die Versicherung lustig zu machen wagte, diesen wunderlichen Bund mit der Zukunft gegen ihre eigene Ungewißheit. Was ist es denn, was wir mehr fürchten als unseren eigenen Tod? Wogegen glauben wir uns noch über das Grab hinaus schützen zu müssen? So merkwürdig es klingt, bei mir war es immer noch die Armut, die Angst davor, ausgesetzt zu sein, ich weiß nicht welcher übermenschlichen Not und Beraubung, eine Angst, die offenbar das Zeug dazu hat, mein Leben zu überleben. Denn daß die Früchte meiner Vorsorge einst meiner Familie zugute kommen würden, war schon damals nur der sichtbare Grund meiner Beruhigung, der heimliche war es nicht. Was ich mir dabei dachte, ist nur bildlich auszudrücken und wird mich dem Spott ausliefern: ich sah mich, in mein Versicherungspapier gepackt wie die reichen Toten Ägyptens in ihre Bänder, wohlbehalten und traumlos am andern Ufer landen, ja traumlos vor allem. In dieser zarten Rüstung hoffte ich selbst gegen die Berührung der Ewigkeit, die ich mir nicht anders als nachtragend denken konnte, geschützt zu sein.

Aber auch die Erde war mir leichter geworden. In Irenes Begleitung wagte ich mich, wie ein Genesender, jeden Tag ein paar Schritte weiter aus meinem absichtlich eng gezogenen Kreis hinaus, und im vergangenen Sommer, ich habe es schon angedeutet, ließ ich mich zum ersten Mal in meinem Leben unter Palmen sehen. Ich konnte den Eindruck mit meinen eigenen Augen nachprüfen, denn Irene hatte ja fleißig photographiert; ich gefiel mir, wenn ich so sagen darf, nicht auf ihren Bildern. Ich wirkte durchsichtig inmitten der fremden Vegetation oder so, als könnte man mich mit zwei Fingern leicht herausklauben, und der Palmenhintergrund rücke schweigend wie ein Vorhang wieder zusammen. Aber damals war mir auch schon der blaue Mann erschienen, hatte meine Angst wieder aufgeweckt und aus meiner nur halb geschlossenen Hand mit sich fortgenommen, ins Unabsehbare. So war es: in dem Boden, den ich durch mein leises Auftreten festgeworden glaubte, öffnete sich strahlend vor Schadenfreude eine Lücke, in welcher der gestochen scharfe Umriß dieser kleinen, scheinbar so machtlosen Figur sich erhob. Tatsächlich saß er die ganze Zeit, saß in grausamer Demut und fast grau von Wirklichkeit so nahe bei unserem Tisch, daß ich ihn hätte photographieren können; er hätte gewiß keine Einwendungen gehabt, sie kamen ihm, dem geduldeten Musikanten, gar nicht zu. Hätte ich es nur getan! Dann brauchte ich ihn jetzt nicht zu beschreiben, eine schwache Geste gegenüber dem endlosen Hinterhalt, in den er mir entkommen ist, leere südliche Straßen, wo er, in einen Winkel gedrückt, das Ende meiner Ehe gekocht hat, wo er lauert, um nochmals zuzustoßen, endgültig, in einen Geier von Engel verwandelt, und mir den letzten Anhaltspunkt meiner Angst raubt, damit sie wieder ins Bodenlose falle. Denn wer dem Leben so wenig Angst entgegenzusetzen hat wie dieser Mensch, muß über ungeheuerliche Verbindungen verfügen, er muß mit der Angst im Bunde sein, und ich weiß, er wird sie mir eines Tages zu Ende präsentieren, wie eine zu hohe Rechnung oder wie ein Gewehr. Ich bin sicher, es kostet ihn nur zwei Griffe, seine singende Säge in ein Mordwerkzeug zu verwandeln. Wäre es mir nur gelungen, ihn zu entlöhnen! Oder hätte ich nie daran gedacht, ihn zu entlöhnen! Jetzt läuft er mit meinem ungebrachten Opfer frei in der Welt herum, und wie ich ihre Einrichtung kenne, wird er eines Tages wie jetzt im November wiederkommen und mir ein Opfer abfordern, das ich nicht zu bringen vermag, weil ich nicht weiß, was ich noch verlieren soll. Dann wird der geringe Damm, den ich zwischen mir und meiner Angst aufgerichtet habe, nachgeben, unter diesem Gewicht, unter meinen Augen, und dann werden meine Augen blind, und die Träume beginnen, die ich am meisten fürchte.

Die Szene ist einfach, auch wenn sie für uns beide neu war. Es war ja unser erster Urlaub im Süden, überhaupt unser erster zusammen (die Hochzeitsreise hatte wegen der Jahresabschlußrechnung vertagt werden müssen) und wohl auch der letzte für längere Zeit – ich dachte dabei nur an den Zustand meiner Frau. Irene und ich – meine Frau heißt Irene – waren eben vom Besuch der Stierkampf-Arena zurückgekommen. Es war eine fürchterliche Unterhaltung gewesen, aber Irene hatte sie sich, meinen Einwänden zum Trotz, nicht nehmen lassen wollen. Nun waren wir, das darf ich sagen, beide froh, der blutigen Sonne (Schattenplätze waren ja unerschwinglich) entronnen zu sein. Wir hatten uns, es war ein staubiger Tag, kurz frisch gemacht und saßen nun unten im Patio des Hotels beim Tee. Es war ein Lokal, das Natur und Geschichte gleichermaßen geschmückt hatten. Man sagte, unser Hotel sei in seinen vornehmen Tagen Absteigeplatz der Granden gewesen, wenn sie dem Vizekönig ihre Aufwartung machten, und etwas von ihrem finster verwöhnten Geist wehte in den Bögen nach, die das Geviert wie hochgezogene Brauen umliefen. Das Gewicht dieser Bögen wurde gemildert durch lockeres Grün, das sich in Töpfen über die Bodenfliesen zerstreute und da und dort aus gebrechlichem Blätterwerk riesenhaft herausblühte. In der Mitte aber spielte eine Wasserkunst, die ihre Erschöpfung in zarten hüpfenden Stößen immer wieder aufzufangen und in der Schwebe zu halten wußte, gegen ein viereckiges Stück Himmel an, das die Abendfrische wieder blau zu färben anfing; den ganzen Tag war der Himmel weiß gewesen wie geschmolzener Stahl und hatte sich dumpf in der Arena gespiegelt. Außer uns saßen vielleicht noch zwei, drei Paare an den Tischen, darunter das englische, dem wir zunickten. Eine dreiköpfige Kapelle, alles Gitarren, glaube ich, spielte uns ziemlich lustlos auf und suchte die Farbe, die ihrer Darbietung fehlte, durch aufdringliche Kostüme wettzumachen. Ich will auch die Palme nicht vergessen, die sich ein paar Schritt von unseren Plätzen entfernt erhob. Sie war eine merkwürdige Kreatur, deren kleine in den Himmel gestürzte Wedel wie gelötet schienen und sich mit einem scheuernden Geräusch an der Abendbrise rieben, während der überhohe Stamm, nach unten verjüngt und in der Mitte grausam ausgedehnt, an glatten Beton erinnerte und einer im Bogen aufgerichteten Schlange glich, die nach Verschlingen eines Beutetiers von Erstarrung überrascht wurde. Dies war die Szene, und wir rührten im Tee, zufrieden, einer noch schlimmeren entronnen zu sein.

Es gab mir gleich einen Stich, als ich ihn, mit einem gehauchten Laut der Entschuldigung, seinen Stuhl näher, das heißt etwas in den freien Raum neben der Palme hinausziehen sah, und ich griff ohne Besinnung nach meiner Brieftasche. Er war ein Straßenmusikant, jedenfalls beugte er sich, als wäre dies schon das Wunder, über den schwarzen kindersargähnlichen Kasten, den er sich im Sitzen quer über die Knie gelegt hatte, schien mit beiden Händen den glatten, an den Kanten bräunlich durchgescheuerten Lack noch glatter streichen zu wollen und klaubte dann die drei silberfarbenen Verschlüsse auf, die ihrerseits den gelben Messing durchscheinen ließen. Ich folgte den zögernden Bewegungen dieser Hände, weil ich den Leuten, zumal fremden, ungern voreilig ins Gesicht sehe. Schon aus einem Blick hinüber und herüber erwachsen oft Verpflichtungen, deren Ende nicht abzusehen ist. Aber allmählich wurde mir bewußt, daß die Betrachtung dieser Hände, wenn ich damit fortfuhr, mich ebenfalls verwickeln konnte, denn es waren Hände, die das Gewicht, ja das Ansehen selbständiger Geschöpfe besaßen, beinahe hätte ich gesagt, von Menschen; aber Menschen eines wenn auch tierischen, so doch zarteren Geschlechts. Nicht daß sie zart gebaut gewesen wären, sie trugen im Gegenteil Spuren einer niederen Herkunft an sich, Schwielen, Knoten, brüchiges Geäder, eine gewisse Gichtigkeit, aber diese Merkmale waren ihrer Bewegungsart untergeordnet, die nun allerdings die zarteste war, und gaben ihr, diesem Öffnen der Schlösser, dem Herauslösen des Instruments aus seiner samtenen Hohlform, das Einleuchtende großer Demut oder Grausamkeit. Der blaue Samt war hell aufgerauht, abgestoßen wie die Manschettenärmel, welche die Bewegung der Hände schüchtern mitmachten, und als der Kasten sorgsam auf die Fliesen gestellt war und das Instrument auf den Knien des Mannes lag, da war es eine Säge, nichts weiter als ein Sägeblatt an einem Holzgriff, dessen Inneres glatt schimmerte. Ich erschrak, denn ich hatte vorausgesetzt, daß es eine Geige sein müsse, weil mein erster Blick auf den Geigenbogen im Gehäuse gefallen war, dessen Schmalheit freilich auf eine besonders kümmerliche, ja fast klanglose Geige schließen ließ, aber eine solche hätte mich bei der Beschaffenheit dieser Hände und ihrer Bewegungen auch nicht erstaunt, obwohl ich mir bei wachen Sinnen hätte sagen können, daß es ein solches Instrument nicht gab. Aber ich war schlaff, der Stierkampf hatte seinen Zoll von mir gefordert, außerdem herrschte, denn die Kapelle hatte ihr Spiel eingestellt, eine plötzliche Stille, in der sogar das Rühren des Löffels im Glas meiner Frau zu hören war, wieviel mehr irgendeine Musik, und wäre es die dürftigste. Ich hatte, da bei der Langsamkeit dieses Musikanten an eine rasche Erledigung nicht zu denken war, meine Hand wieder vom Portefeuille zurückgezogen, aber in meiner Brustgegend blieb ein unbequemes Gefühl über die Gegenwart dieses Menschen zurück, der sich für seine Produktion gerade unsere Nähe hatte aussuchen müssen, wo ihm doch die Nähe anderer, gegen solche Überfälle mit Lustigkeit gewappneter Gäste ebensogut, ja viel besser zur Verfügung gestanden hätte.

Als die Säge nun auf seinen Knien lag, zögerte er nicht länger, sondern begann zu spielen. Er hielt das Instrument mit der Linken etwas von sich weg auf seinem Schoß und strich mit dem Bogen über die glatte hintere Seite des Sägeblattes, das ein ganz gewöhnliches Sägeblatt war. Unter dem Zug des Bogens bildete sich ein Ton, der die Stumpfheit der straffen Fasern durch seine seltsame, wenn auch etwas hohle Glasklarheit Lügen strafte und mit dem Nachdruck der linken Hand, die das Metall rasch nachfassend krümmte, in das berühmte Weinen abgebogen wurde, das dieser Kunst eigentümlich ist und das ich nicht zu beschreiben brauche, weil es jedermann von irgendeinem Jahrmarkt oder einem bescheidenen Varieté her im Ohre hat. Ich hörte gefaßt zu und wünschte nur, daß die Darbietung, da sie in Gottes Namen begonnen hatte, bald vorübergehen und mein Trinkgeld, auf das es dabei ja abgesehen war, seinen Weg nehmen möge. Beim Versuch, mich über die Höhe desselben mit meiner Frau zu verständigen, stieß ich allerdings auf ihre Unaufmerksamkeit, die, als ich hartnäckig blieb, einem Ausdruck so unverhohlener Abneigung Platz machte, daß ich wohl oder übel ihrem starren Blick folgte und mich meinerseits in die Erscheinung des fremden Musikanten vertiefte.

Ich brauchte nicht mehr zu fürchten, daß er meinen Blick erwidere. Er war vollkommen in sein Spiel vertieft, ja in einem fast belustigenden Grad, bedachte man die Art seiner Töne, zu deren Gefangenem geworden. Er brachte sie mit einem leidend gespannten Gesicht hervor, auf dem, wenn die Höhe des Aufweinens erreicht war, eine Spur Helligkeit erschien, fast ein Lächeln; aber er nahm es sogleich zurück, verdunkelte es mit der nächsten Neigung seines Kopfes, der einer neuen Figur nachlauschte, als wäre sie nicht das Werk seiner eigenen Hände. So setzte sich sein Spiel aus halben Erhebungen und halben Verzweiflungen zusammen, kleinen Rucken, die es durchsichtig durchwanderten wie Muskelschatten die Bewegungen eines niederen Meerestieres. Seine Melodie bestand aus Versuchungen, es bei einer kleinen, einmal erreichten Schönheit bewenden zu lassen, von denen er sich dann mit einem neuen Griff seiner linken Hand trennte, ja losriß, als wäre es nicht das bekannte Singen der

Säge, sondern die Einflüsterung eines bösen Geistes gewesen. Dabei hielt er die dünnen, aber genau gezeichneten Brauen streng zusammengezogen, die Lider aber, die größten, die mir in irgendeinem wirklichen, nicht gemalten Gesicht vorgekommen sind, blieben so ruhig, als wären sie geöffnet.

Man darf nicht glauben, daß seine Melodien originell oder auch nur die neuesten gewesen wären. Es waren Schlager der dreißiger oder vierziger Jahre, die dem Mann wohl aus seiner Jugend geläufig, mir aber nur noch ohne die zugehörigen Wörter bekannt waren. Der Mann konnte fünfunddreißig oder sechzig sein, ja manchmal zeichnete sich in der Arbeit seines gelben Gesichts die Möglichkeit eines noch viel höheren Alters ab, oder einer Krankheit. Die Haut war bis nahe zum Reißen über den Schädel gespannt, und an den Kanten, wo er sie durchzuscheuern drohte, an den Jochbeinen und beim Kinn, wirkte sie besonders ruhig, lag ein Glanz auf ihr wie auf der Schneide eines Messers. So eigensinnig war dieses Gesicht, daß es keine Angst zu kennen schien; mir graute vor der Sorgfalt, mit der dieser Mann sein Instrument strich, das selber zum Schneiden, ja eigentlich zum Mord am grünen Leben bestimmt war, sie erschütterte mich wie Zärtlichkeit zu einem Verbrecher.

Daß der Mann ein blauer Mann war, ging mir erst mit der Zeit auf. Ich hatte mich gegen Irenes Laune dadurch zu schützen gesucht, daß ich in den blauen Himmel blickte und dazu mit den Fingern auf unsern Blechtisch klopfte; ich unterließ es erst, als mir bewußt wurde, daß ich es im Takt der singenden Säge tat, und jetzt sah ich: auch der Mann war blau. Sein Blau hatte mit dem Spätnachmittagsblau, das jetzt auch im Bekken der Fontäne erschien, nichts zu tun, es war undurchsichtig und mürbe, es war eigentlich nur noch ein Grau, taubenblau nannte ich es bei mir, damit ich meiner Frau später ein treffendes Wort entgegenhalten konnte. Es war nichts weiter als das vergilbte Blau seines Nadelstreifenanzugs, der altmodisch weit geschnitten und mit ausladenden Revers versehen war, die an Uniform denken ließen und daran, daß der Mann mit Bestimmtheit keinen andern Anzug besaß. Er war gerade noch ganz, angestrengt ganz, möchte ich sagen, und wurde wahrscheinlich jede Nacht zwischen Matratze und Gestell irgendeines ärmlichen Bettes wieder in seine unsicher gewordenen Falten gepreßt. Die rostrote Seidenkrawatte wölbte sich etwas aus dem gelb geriffelten Hemd, und die hohen Knöpfschuhe ruhten auseinandergestellt auf dem Boden, als genössen sie eine Wohltat. Ich konnte mir nicht denken, wie der blaue Mann auch diese Schuhe in einem solchen Land hatte schonen können, aber so wirkten sie, sehr alt und immer geschont. Die Hosenaufschläge waren viel zu weit und schaukelten hoch über den dünnen Knöcheln. Gewiß hatten die Schmerzen, wenn dieser Mann Schmerzen litt, ihn allmählich etwas unempfindlich gemacht. Die Münzen, die ich mit meiner linken Hand in der Tasche gelockert hatte, brauchten nicht für alle seine Entbehrungen aufzukommen.

Fast hätte ich gesagt: dann setzte er sich zu uns. Aber das wäre nicht ganz richtig. Als er sein Stück beendet hatte, stellte er die Säge auf der Stuhlkante zwischen seinen Beinen auf, legte den Bogen über seine Knie und rückte mit dem ganzen Stuhl etwas in unsere Richtung, ohne näherzurücken. Es war nur eine winzige, aber unübersehbare Geste der Zuwendung. Ich gestehe, daß ich darüber erschrak, denn ich sah voraus, daß es jetzt mit dem Trinkgeld, das in meiner Hand schwitzte, nicht getan sein würde, und darüber hörte ich kaum, daß er zu reden angefangen hatte; zwar redete er für sich, aber für sich mit uns. Er hatte jetzt die Augen offen, ohne sie zu mir oder gar zu meiner Frau zu erheben, aber er nickte häufig. Er nickte sich Mut zu, weil er offenbar fühlte, daß er störe, wie er überhaupt die Annahme gewohnt schien, eine Störung zu bedeuten, die er durch seine Musik ein wenig wettzumachen suchte, obwohl er doch wissen mußte, daß er sie dadurch vertiefte. Ich war so überzeugt, daß er spanisch rede, eine Sprache, die ich, besonders in ihrer hiesigen Mundart, kaum verstehe, daß ich meine Augen in die Höhe gleiten ließ, um ihn nicht durch eine trügerische Aufmerksamkeit zu beschämen. Erst als ich meine Frau, die errötet war, ihrerseits nicken sah, war ich gezwungen, genauer hinzuhören und entdeckte, daß der kleine Mann französisch sprach, oder was er für französisch hielt. Es war, wenn man von der durchaus fehlerhaften Aussprache absah, ein recht korrektes, ja förmliches Französisch, es gebrauchte Wendungen, die mir aus der geschäftlichen Korrespondenz vertraut waren und die nichts bedeuten als ein Geräusch von Papier, ein höfliches Füllen der Leere, die zwischen fremden Personen besteht. Ich habe Irene später gefragt, was der blaue Mann eigentlich gesprochen habe, denn es war mir nicht gelungen, die Wörter zusammenzusetzen, auch nachdem ich gemerkt hatte, daß sie französisch waren, aber sie sagte »Geh doch weg«, sagte sie.

Mit der größten Anstrengung meines Gedächtnisses gelingt es mir nur, jetzt, wo Irene mit dem Kind mich verlassen hat, weil ich ja nicht wußte, daß sie mich damals schon im Ernst aufgefordert hatte, zu gehen – es gelingt mir nur, an Dinge zu denken, von denen der blaue Mann mit Bestimmtheit *nicht* gesprochen hat. Er hat nicht von seinem Leben gesprochen, keine Geschichte erzählt, nicht seinen Namen genannt, er hat um nichts gebeten. Mir schien damals, er habe mich zu meiner Gattin beglückwünscht, habe mir zugeflüstert, in wie beispiellos glücklichen Umständen ich mich befinde, denn so viel war unverkennbar: obwohl es meine Frau war, die nickte, sprach er doch eher mit mir. Nur verstehe ich dann eigentlich nicht, wie meine Frau dazu kam, zu nicken, denn zu Komplimenten, die einem selber gelten, nickt man nicht. Nun gehen Artigkeiten südlichen Menschen leicht vom Mund, wenn sie etwas Schönes sehen, ob es ihnen erreichbar sei oder nicht. Doch ahnte ich auf der Stelle, daß mich die Einmischung dieses Musikanten teuer zu stehen kommen würde, auch wenn ich ihren ganzen Preis unmöglich voraussehen konnte, die Entzauberung meiner Ehe und meiner Sicherheit, den Verlust meiner Gewohnheiten. Ja wenig fehlte, daß mir auch im Geschäft gekündigt worden wäre, denn von einem, den sein Glück verlassen hat, fällt auch alles andere ab. Ich habe diesen letzten Schrecken durch ein völliges, fast blindes Aufgehen in meinem Beruf bisher abzuwenden vermocht, mir aber wohl eben dadurch jede Aussicht auf Beförderung verscherzt. Wer so arbeitet wie ich in diesen letzten Wochen, so werden sich meine Vorgesetzten sagen, kann es nur mit schlechtem Gewissen tun, er verdient Mißtrauen und muß genau beobachtet werden; ich aber weiß, daß ich von genauer Beobachtung alles zu fürchten habe.

Als der blaue Mann seine Rede beendet hatte, machte er eine Zugabe, meiner Frau zuliebe, wie ich ihn verstand; und das Einvernehmen, in das er uns Hotelgäste offensichtlich zu ziehen gewußt hatte, bewirkte, daß, auf einen Wink des Patrons, zu meiner äußersten Bestürzung, die dreiköpfige Kapelle bei unserem Tisch Aufstellung nahm und sich anschickte, mit südlicher Gönnermiene das nächste Stücklein der Säge zu begleiten. Der blaue Mann, der nur an Duldung in diesem Lokal gewöhnt schien, spielte blaß vor Verlegenheit und Hingabe, »Cucurucucu« hieß das Stück, glaube ich. Wenn der eine Gitarrist diese Silbenfolge mit brechendem, ins Falsett schnappendem Tenor hervortrillerte, zog sich die Miene des blauen Mannes zusammen, als leide er im Namen einer Vollkommenheit, die ihm durch den Eingriff dieser gedankenlosen Stimme zerbrochen war, ohne daß er sich dafür wehren durfte. Um so inständiger stieß er mit buchstäblich zuckendem Bogen dem Sägeblatt entlang nach ihr, wenn ihm die drei Kostümierten mehr schalkhaft als höflich ein Solo überließen, wozu sie sogar einen Schritt zurücktraten und ihre dicken Finger auf den Saiten leiser stimmten.

Ich saß wehrlos, in Schweiß gebadet, wünschte das Ende herbei und fürchtete mich vor ihm, denn was sollte ich hier noch mit meinem Kleingeld, die singende Säge hatte schon zu tief geschnitten.

Er wollte das Geld erst nicht nehmen, das ich, ihm einige Schritte entgegengehend, in seine Hand zu drücken versuchte. Ich mußte warten, bis er sein Gerät mit einer Umständlichkeit, die mir ausgesucht grausam vorkam, in den Samtkasten zurückgebettet hatte. Ich sehe mich noch immer in diesem Garten stehen, der mir plötzlich leer erscheint, obwohl ich viele Augen auf mich gerichtet fühle. Etwas vorgebeugt stehe ich neben der Palme, gegen die ich abwartend meine Hand zu stützen versuche, ohne selbst diese unschuldige und und unter diesen Umständen doch großspurige Bewegung durchhalten zu können, während ich die andere, in der ein paar Noten knacken, dem ruhig beschäftigten Mann entgegenhalte. Habe ich mich wohl gar einmal umgedreht und jemandem zugelacht? Nie mehr, seit meiner Kinderzeit, bin ich mir so müßig, so von Nichts umgeben vorgekommen wie in dieser Ewigkeit von Nichtbeachtung, die in Wirklichkeit nicht mehr als einige Sekunden dauerte, Sekunden der vollkommenen Sichtbarkeit meiner Blöße.

Dann nahm er das Geld, ja beeilte sich, es zu nehmen – ich hätte stutzig werden dürfen, denn es war von einer Höhe, die man sich nicht wortlos bieten läßt, aber er nahm es wohl so und nicht anders, um die Verlegenheit meiner Frau abzukürzen. Er verbeugte sich tief, wobei ich auf sein schwarzes, in Strähnen nach hinten gekämmtes Haar niedersah, das die gelbe, polierte

Kopfhaut nicht zu bedecken vermochte. Er verharrte sogar etwas in dieser Stellung, als wäre er mir schuldig, meiner Armseligkeit ein Stück der seinen entgegenzuhalten. Dann flüsterte er etwas, nahm seinen Kasten auf, verbeugte sich nochmals gegen meine Frau und trippelte dann mit angezogenen Schultern und gesenktem Kopf zwischen den Tischen hinaus in den Schatten der Halle, der ihn sofort verschluckte.

Ich hatte mich wieder gesetzt. Wir sprachen nichts. Ich wartete auf ein Wort von meiner Frau. Ich getraute mich nicht einmal, dazu im Tee zu rühren, so beschädigt war ich, so ein Tier war ich geworden. Ich sagte mir, daß ich aus dem Munde roch und daß die Dinge draußen nicht die geringste Mühe hatten, ohne mich vorzugehen. Darin lag freilich auch ein merkwürdiger Trost. Wozu hatte ich diesen Urlaub genommen, wozu war ich in dieses Land gefahren? An meine Frau, die neben mir saß, wagte ich gar nicht mehr zu denken. Ich mußte mich entschließen, ob jetzt schon alles vorüber sein sollte, oder erst etwas später.

Dann erhob ich mich, nickte ihr schnell zu und stürzte dem Hotelausgang entgegen. Bevor ich auf die Straße trat, die wüstenhaft durch das Bogengewölbe leuchtete, wandte ich mich an den Portier und fragte ihn schon atemlos – zehn schnelle Schritte machten mich atemlos – nach dem Namen des blauen Mannes, nach seinem mutmaßlichen Weg, nach seinem gewöhnlichen Aufenthalt. Gonzalez hieß er, weiter konnte sich der Portier nicht äußern, wies nur ins Offene der Straße hinaus, wo er ihn hatte verschwinden sehen, aufgetrunken vom Stillstand der Helligkeit. Als ich zu laufen begann, um es zum Äußersten kommen zu lassen, fiel mir die Leere der Welt in die Brust, die nicht mehr weit genug war, sich an der Luft scheuerte, als wäre die Luft etwas Festes, und doch nie genug davon bekommen konnte. Ich lief die Straße hinauf und hinunter, die Häuser rückten immer weiter auseinander, meine Schritte wurden kleiner, die Schritte waren laut und die Häuser schwiegen. Einige Leute kamen mir entgegen oder wurden von mir überholt, sie waren lachhaft körperlich, aber die Hitze meiner Erwartung verschlang sie auf der Stelle, sie verschwanden mit einem Kichern, das wie Zischen klang, vielleicht hatte ich jemand angestoßen, es kümmerte mich nicht. Ich war seit Jahren nicht mehr so gelaufen, konnte es eigentlich gar nicht, mein Herz sagte mir bei jedem Schritt, daß es nicht könne, sondern bersten müsse, und ich sagte ihm, es solle bersten, und so liefen wir weiter. Mein Herz lief schneller als ich, und das war keine Kunst, denn eigentlich lief ich gar nicht mehr, schleppte mich nur noch, meine Beine hinderten mich am Stürzen, und in der Hand hielt ich meine Brieftasche, es blieb jetzt gar nichts anderes mehr übrig, ich mußte ihm alles geben. Es waren umgerechnet mehr als tausend Franken, ein Vermögen für den blauen Mann, mehr Geld, als er in seinem Leben gesehen hatte. Ich behielt nichts zurück, nur die Flugkarten, das Hotelgeld nicht, da mußte uns etwas einfallen, und wenn uns nichts einfiel, so war dies eben das Ende, Irene hatte es ja nicht anders gewollt. Tausend Franken für den blauen Mann, ich sah die Figur seiner großen Armut vor mir, die sich von seinem Leib getrennt hatte und eine Figur meines Untergangs geworden war, diese Figur konnte ich auslöschen mit einer einzigen Bewegung meiner Hand, die das Portefeuille umklammerte, weil ich es jetzt, jetzt in meinem Leben, noch nicht verlieren durfte. Blind vor Aufmerksamkeit, vor pochender Anstrengung weideten meine Augen kahle Wände, leere Gassen ab, in denen schon die Dämmerung nistete, blau, ohne daß es das richtige Blau war. Überall fragte ich nach Gonzalez, immer wieder brachte ich, kaum innehaltend, diese drei Silben über die Lippen, auf denen der Speichel geronnen war, ja, ich roch aus dem Mund, jetzt roch ich es ja selbst. Aber jedermann hieß hier Gonzalez, wenn ich nichts Näheres wußte, konnte mir keiner helfen, und ich wußte nicht einmal, was singende Säge in der Landessprache hieß, man schickte mich hintereinander zu einem Werkzeugmacher, zu einem Automechaniker, in ein Nachtlokal, einen Schallplattenladen, aber Singen und Säge wollte niemand zusammenbringen, und überall hieß jemand Gonzalez, trug ein Schnäuzchen oder zog die Brauen hoch, ohne der Einzige zu sein, den ich suchte. Endlich verstand eine höfliche ältere Dame etwas Französisch, verstand immer besser, hatte die Säge eben singen hören und wies mich in die nächste Straße: dort stand ein Haus, ein Hotel, dessen Name mir sofort entfiel, dessen Fassade mir nicht entgehen konnte, in diesem Hotel saß der kleine Mann jeden Nachmittag und unterhielt die Gäste mit seiner Kunst, eben war sie vorbeigegangen, eben hatte sie ihn gehört. Ich war fast ruhig geworden, oder mein Herz ging ohne mein Zutun, ich dankte, drehte mich um und machte mich auf den Weg. Ich fand die Fassade, die zu einem der Hotels gehörte, wo Einheimische absteigen, Kenner der Verhältnisse, die nicht durch Reklame und Aushang gelockt werden müssen. Es war das Hotel, in dem Irene und ich hätten absteigen sollen, wo der blaue Mann ohne Zwischenfälle spielte, fast hörte ich schon seine Säge singen und ging mit erhobenem Kopf, als käme ich von einem Spaziergang zurück, durch das Tor hinein. Es war ein Patio wie der unsere, sogar die paar Gäste, die an den Tischen saßen und auf meine Brieftasche starrten, glichen Gästen unseres Hotels, die Betonpalme gedieh auch hier, nur bog sie sich nach der anderen Seite. Hier war auch die Wasserkunst. Sie war abgestellt. Die englische Familie nickte mir zu, die französische musterte mich. Ich hatte mein eigenes Hotel durch den Hintereingang betreten.

Ich ging langsam zu dem Tisch, wo wir gesessen hatten. Der Garçon räumte Gläser weg, aber wir hatten gar nicht aus Gläsern getrunken. Da er mich stehen sah, lud er mich mit einer Bewegung seines Arms, über den ein Tuch geschlagen war, zum Sitzen ein. Ich schüttelte den Kopf. Die Palme war nach der richtigen Seite gebogen. Ich versuchte, etwas zu hören.

Es klapperte von der Küche her. Drinnen im Eßsaal wurde gedeckt. Eine Flotte von Serviettenschiffchen sammelte sich auf der bläulichen Helligkeit der Tische.

War er wiedergekommen? Der Portier verneinte. Ich steckte die Brieftasche ein.

Morgen, jeden Tag, sagte der Portier.

Im Zimmer fand ich meine Frau. Sie entschuldigte sich, daß sie nicht gewartet hatte. Sie war sehr aufgeregt. Sie hatte sich aus dem Andenkengeschäft des Hotels ein paar Taschen zur Ansicht mitgeben lassen, preiswerte und formschöne Taschen, eine Spezialität des Landes, und ich mußte ihr auswählen helfen. – Meine Frau bedurfte jetzt der Schonung. – Später in der Nacht sagte sie: »Du hast schlecht geträumt, ich habe dich wecken müssen.«

Nach dem Frühstück entschloß sie sich, doch die andere Tasche zu nehmen. Ich bezahlte die andere Tasche. Nun war das Geld nicht mehr ganz. Man konnte nicht mehr das Ganze fortgeben. Aber es war nicht meine Schuld. Am Nachmittag machten wir einen Ausflug. Er war preiswert, aber etwas ging natürlich auch da wieder weg. Dann tranken wir Tee. Der blaue Mann blieb weg. Meine Frau hatte Freude an ihrer Tasche. Es war unser letzter ganzer Tag. Am anderen Morgen beglich ich die Hotelrechnung. Wir mußten vor dem Mittagessen aufbrechen. Der Flug war ganz ruhig. Heute lebe ich in einem kleinen möblierten Zimmer. Manchmal sehe ich meine Frau von weitem. Sie stößt den Kinderwagen, und an ihrem Arm hängt die Tasche, für die sie sich am Ende entschieden hat. Sie geht meistens schneller als ich. Ich sage mir jeden Tag, daß mir jetzt nichts mehr geschehen kann. Aber ich glaube es nicht. Ich weiß ja nicht einmal, was jetzt aus meiner Lebensversicherung werden soll.

Playmate

Natureingang, eine Schönheit von früher:
Knöcheltief im gefallenen Laub, das die ersten Frost-
nächte geröstet haben. Noch hängen einzelne Händchen
oder Wimpel oben, in denen sich das dünn gewordene
Licht fängt, stärker scheint, als es eigentlich sein kann,
Bernstein, Albumblätter. Die Takelage ist geräumt
auf hundert Meter, durchsichtig, bis wo der Nebel
daran zu wischen beginnt. Die Flotten der Wälder haben
Sommer und Herbst gelöscht, neigen sich, an den Rändern hell, der kommenden Leere entgegen. Hinter mir
strickt eine unsichere Sonne an den Maschen des Rot-
wildgeheges, läßt immer wieder eine fallen, die glänzt,
in einem Stück Spinnweb, während dahinter die Rükken der Herde stumpf bleiben, die Flecken der Kitze
ruhig im Winterfell nisten. Verhoffen nennt man das
wohl. Die Tiere in ihrer schütteren Deckung, ich schon
fast draußen, Schutz suchend gegen zwei drei Schauer
in den Taschen meines dünnen Samtanzuges, aus dem
sich die Wärme einer langen Autofahrt stiehlt.
Die Aussicht, mit der ich mich beschäftige, reicht über
den Kindergarten (Bungalowstil) über das leere Rot
zweier Tennisplätze bis zu einem nahen Eisfeld und
taucht dahinter in einen Novembertag, dessen zarteres
Meer das Häusermeer eindeckt, während der Himmel
schon eine Art Mittag hat; eine einzelne Glocke bestä-
tigt ihn, setzt dem Läuten des entfernten Verkehrs elf
harte Schläge auf, so daß es nun elf Uhr ist, während,
immer noch während, der Klangbrei über dem Eis-

feld seine trügerische Nähe behält und sich, als füttere er statt meiner Ohren die Gänge eines alten Versäumnisses, unmittelbar in meine Erinnerung schleicht: ich bin ewig auf keinem Eis mehr gewesen, Maat, ich könnte dir doch Schlittschuhe kaufen.

Vielleicht nur Bedürfnis nach Bewegung: eigentlich friere ich ja nur noch, friere jetzt hemmungslos, auf die Art, die durch tiefes Atmen ärger wird, weil man nie so lange durchhält, bis sich der überschüssige Sauerstoff in Wärme verwandelt. Immer schlecht in Chemie. Habe pfiffigerweise den Mantel im Wagen gelassen, dachte wohl, ich müsse dann mit halboffener Jacke neben dem Maat hergehen können, bereit für Dinge, bei denen ein Mantel nur stört, hohe Lagen, zum Beispiel. Früher habe ich ihn hochgeworfen und ihm so viel freien Fall zu kosten gegeben, daß ihm sogar das Gebrüll im Hals stecken blieb. Wenn du dann doch aufgefangen wurdest, fehlte deinem Jubel etwas, und meinem Lächeln auch.

Es rumort hinter dem Fenster des einen Sälchens, das mit Papiertannen verklebt ist; wenn das sein Sälchen ist, kann er mich gesehen haben, etwas unter Bäumen, einen Mann, vor dem man Kinder warnt. Die ersten rennen heraus, einer davon mit einem ultrabraunen fetten Prokuristengesicht, rennen bis vor meine Füße und scharren dort im Laub einen Prügel hervor. Ich stehe höflich beiseite. Eine weitere Gruppe; der Maat ist nicht dabei, der Zeitschinder, letztes Mal rannte er. Stopp, sagt der kleine Prokurist und steckt seinen Prügel in eine Mädchengruppe, du Hurensau. Ein Mädchen, Brillenträgerin, ist zwischen Prügel und

Hag gefangen. Ich komme ja gleich, sagt es halblaut, aber die andern sind schon weggelaufen, ohne sich umzusehen. Jetzt mußt du einmal sehen, sagt der Gebräunte zu seinem Kumpan und drückt das Mädchen gegen Hag. Dann schlägt er ihm den Prügel mit aller Kraft über den Rücken. Er zerbricht. Er schlägt ihm den Prügelstumpf mit aller Kraft gegen den Bauch. Sie läuft gar nicht richtig weg, schreit auch nicht, als hätten die Prügel sie blöde gemacht. Jetzt reichts aber, sagt der Mann, vor dem man Kinder eigentlich warnt, tritt zwei Schritte vor und greift nach dem Prokuristen. Ist *mir* doch gleich, sagt der, duckt sich weg und bleibt stehen. Macht mir doch nichts. Weder nützt das Mädchen die Gelegenheit, wegzulaufen, noch in meiner Nähe Schutz zu suchen. Auch der kleine Prokurist wahrt nicht mehr als fünf Schritte Abstand. Es ist, als hätte ich Katzen im Februar gestört. Wir stehen sprachlos herum, diese Eingeborenen und ich, dann wird es dem Prokuristen zu dumm, und er schlendert weg, summend, indem er den Prügelrest auf seiner Handfläche tanzen läßt. Jetzt erst stiehlt sich das kleine Mädchen mit einem schäbigen Blick in seinen Brillenaugen näher und beginnt zu plappern. Ich blicke über den Zwergenhag.

Kennst du Michael? frage ich schließlich, ich bin nicht gern ein stummer fremder Mann, außerdem verläßt mich die Geduld: was ist mit dem Maat, er weiß doch, daß ich warte. Ich sage: Michael, nehme an, daß es nicht gelungen ist, eine Abkürzung für ihn zu finden, oder daß die sogenannte Tante keine gebraucht. Hier genießen die Kinder alle Silben, die ihre Mütter den

77

Hofberichten abgelauscht haben oder einem Kosmetik-Spot: Daniela, Raphael, Petra und natürlich, aus bessern Gründen, den einen oder andern Attilio oder Luigi; ist der kleine Prokurist einer? dann weiß er vielleicht, warum er zurückprügelt. Das kleine Mädchen scheint Fragen nicht zu hören, es faßt mich bei der Tasche, ich kann es seinem faden lauen Griff gleich anfühlen, warum es so leicht geprügelt wird. Es plappert von einer Kreuzung, an der die drei Farben immer zu rasch wechseln, ich soll mitkommen und selbst sehen. Natürlich fürchtet es sich doch nur vor Luigi, der hinter der Ecke wartet, um seine Eingeborenenhandlung fortzusetzen; vielleicht zerkratzt er so lange meinen Wagen. Das Mädchen behandelt mich weder als Retter noch als Mann, vor dem man Kinder warnt, eher als eine Art nützliches Sperrgut. Auch wenn es keine Hurensau ist, lästig ist es ganz bestimmt. Neue Zwergvölker drängen aus der Tür. Jetzt kommt auch der Maat.

Er drückt sich so in seiner Gruppe herum, daß er nie vorn ist; ich hebe leicht die Hand. Er rennt einen sinnlosen Bogen, Wegverlängerung, ruft etwas, aber von mir weg. Es ist deutlich, daß die Gruppe ihn nicht aufnimmt. Ich löse die Finger des Mädchens ab und stoße es daran ein Stück weiter. Der Maat ist etwas magerer als die andern, sein kummervoll schmales Halunkengesicht bewacht mich aus blauen Augenwinkeln voll Verdacht, aber er kommt näher, von seiner Gruppe, zu der er nicht gehört, mitgetrieben. Ich rühre mich nicht, spiele Baum unter Bäumen, das reine Dasein einer Futterkrippe, die man anlaufen oder passieren

kann je nach Hungergefühl. Ein letzter schwacher
Umweg von mir weg dann zu mir.

Grüß dich, sag ich.

Wo habt Ihr den Kreisler?

Ein Stück weiter. – Ich nicke mit dem Kinn stadt-
wärts.

Fahrt Ihr zum Seeteufel? fragt er.

Da waren wir doch letztes Mal.

Dann zum See.

Ich habe mir geschworen, diesmal kein einziges Mal
Weißtu Michael zu sagen. Ich sage: wir haben nicht so
viel Zeit. Warum zeigst du mir nicht die Tiere da hinten? Die Wildschweine. Ich habe sie jahrelang nicht
mehr gesehen.

Ich schon, sagt er.

Wir gehen nebeneinander her durch das dicke Laub,
das er aufpflügt. Wenn wir auf ebenen Weg kommen,
setzt er diesen übertriebenen, weit ausgreifenden
Schritt fort. Ich blicke über die Schulter; das Mädchen
ist nicht mitgenommen worden, steht immer noch am
Hag. Vielleicht müßte man es wirklich über die nächste Kreuzung führen, weil es farbenblind ist, oder
langsam, oder auch eine Art Waise.

Kennst du das Mädchen?

Nein, sagt er ohne umzusehen. Kauft Ihr mir dann
einen Kaugummi?

Ich gebe mir Mühe, bequem neben ihm herzugehen,
zuverlässig brummend bei jedem Schritt, in mich selbst
versunken, aber nicht genug, um ein Gespräch abzu-
weisen. Als er noch kleiner war, die Abstände meiner
Besuche für ihn größer, fing er immer mit Sie an, fuhr

mit Ihr weiter, das Du kam erst, wenn er mich im Eifer mit seinem Großvater verwechselte, was ihm gar nicht auffiel: das Du galt seinem Eifer. Damals nahm er gleich meine Hand, jetzt nicht.

Die Rehe sind, wäre das Gitter nicht, fast in Reichweite gerückt. Er denkt nicht daran, stehenzubleiben, der witternd geraffte Samt der Mäuler streift mit einem Hauch verdauten Heus an uns vorbei. Er schlägt mit der Hand, ohne hinzusehen, gegen die Drahtmaschen, einige Tiere hüpfen hölzern beiseite.

Hast du das Messer noch? frage ich.

Das ist weg, sagt er.

Einfach verloren?

Er nickt. Gehen wir zum Kreisler, sagt er.

Wir fahren dann damit nach Hause.

Und vorher?

Essen.

Essen wir dann am See?

Er ist hartnäckig. Der See ist eine Autostunde entfernt, und ich habe nur drei Stunden Zeit, dann muß ich in eine andere Stadt, um eine Rede zu halten, in der politische Delikatessen vorkommen. Außerdem dürften die Boote Mitte November längst eingezogen sein.

Jedenfalls am Wasser, sage ich und deute zum Fluß.

Vor dem Käfig, in dem ein Goldfasan hysterisch hin- und herrennt, geht ein freier Goldfasan und zieht bei jedem Schritt seine heikel geraffte Hühnerkralle nach. Es sind wirklich nur Hühner, sage ich, du siehst es deutlich.

Mit dem Satz kann er nichts anfangen.

Ich erkläre ihm die Ibisse, und daß sie einmal heilig

waren. Mir gefallen *die,* sagt er. Es sind welche mit
metallisch glänzenden Hälsen und tieforange Ringen
um die Pupillen. Maat, du fällst auf Nutten-Effekte
herein. Wir suchen die Namen zu den Vögeln. Es
kommt nicht alles zusammen. Namenlose Vögel woh-
nen an falschen Adressen. Was steht da? fragt er. Dabei kann er lesen, es geht ihm nur zu langsam. Ich
betrachte ihn respektvoll: wo hat er das her, daß er
nicht glänzen will?
Die Italiener fressen sie sowieso, sagt er.
Den verschlossenen Teil des Parks erreicht man durch
das Volieren-Gebäude. Das Fräulein an der Kasse hält
außer Billetts und Futterkörnern auch Toblerone feil.
Nachher, sage ich, sonst ißt du nichts. In zehn Minuten
schließen wir, sagt die Kassendame, nachdem sie uns
Karten und Toblerone verkauft hat. Komm, sage ich,
gehen wir rasch, und ergreife seine Hand. Er läßt sie
mir. Ich versuche sein Gesicht durch lange Schritte zu
röten. Wo hast du die Schokolade, fragt er ohne Frage-
ton, steck sie nicht in die Tasche, ich habe sie nicht gern
weich.
Sie schaut noch heraus.
Dann wart mal hier.
Er bleibt vor dem Mauskäfig stehen. Es ist eine Art
Bild an der Wand, ein kleines verglastes Rechteck, in
das ein Zementklotz mit Furchen eingelassen ist, die
als Gänge dienen, ein Spielzeuglabyrinth. Es erweitert
sich in der Mitte zu einem Nest, in dem zusammen-
geschmiegt vier rasch atmende weiße Mäuse hocken,
Schlangenfutter wahrscheinlich, das hier nochmals als
Ausstellungsgruppe dient: so hat man sich einen Maus-

bau im Aufriß zu denken, die Glasplatte führt einen Schnitt durch versteinerte Erde. Michael legt die Hände auf beide Seiten des Bildes und dazwischen seinen Kopf mit der Nase aufs Glas, nur zwei Millimeter von den Mäusen entfernt, die nun Dämmerung haben.

Wollen wir drüben wieder hinaus? frage ich. Die Wildkatzen ansehen? Für was, sagt er und versucht die Verdunkelung der Mäuse zu verbessern. Komm, sage ich, wo es draußen viel schöner ist.

Dann gehe ich allein, sage ich und gehe, soll er die teuren sieben Minuten bei seinen Mäusen vertrödeln.

Der Maat hat mich eingeholt, poltert ein paar Meter entfernt durchs Laub.

Daß du aber auch das Messer nicht mehr hast, sage ich. Das war ein Messer, so eins verliert man doch nicht. Besonders, wenn man es sich so sehr gewünscht hat.

Die sind nämlich auch weg, sagt er und deutet mit dem Kopf zu den Katzenkäfigen hinüber. Ein Baum fiel ihnen auf den Käfig, machte ihn kaputt, und dann sind sie weg. Warum läufst du so.

Aber da sind sie doch, sage ich und streichle mit hochgezogenen Augen den bösen prallen Plüsch, der faul und gesammelt auf irgendeinen Sprung wartet, der ihn durchzucken könnte, die Schlitze einen Blickbruchteil lange geöffnet hat – oh, ich habe ihn erwischt – und dazu die Ohren von außen nach innen dreht, so daß sich die feinen Ohrhaare im Hauch einer großen Abwesenheit rühren. Zwei haben sie wieder, sagt er, nur zwei. Die dritte ist immer noch weg. Ganz

82

langsam verhungert die. Die verhungert mit der Zeit.

Ich antworte nicht, schaue gradaus auf die Katzen, spüre aber im Augenwinkel seinen lauernden Blick.

Ich finde sie *zu klein*, sagt er. Dort ist schon der Mann. Wir müssen raus.

Er hat recht. Vor den Pelikanen, beim Ausgang, ist ein Gärtner erschienen und legt in unserer Richtung die Hand an die Stirn. Offenbar stehen wir in der Sonne, tatsächlich, jetzt ist Sonne im leeren Wald.

Ich kehre mich um, nehme seine Hand, gehe schnell. Ich kann einer Aufforderung zum Verlassen des Areals immer noch nicht ausreichend widerstehen.

Jetzt hast du die Wölfe nicht gesehen, sagt Michael an meiner Hand, atemlos vor Schadenfreude, und die Luchse nicht, und nicht einmal die Biber. Die sind alle *größer* als die Katzen.

Du zeigst mir dafür die Wildschweine.

Wenn du nachher zu mir kommst, zeige ich dir den Raffi.

Wer ist das, frage ich.

Das sage ich nicht. Ra-fa-el.

Der Mann fragt: Ist noch jemand draußen?

Wir haben niemand gesehen.

Bevor er die Tür zuziehen kann, drehe ich mich nochmals um. Der Wald trägt seinen November so hell, als wärs ein Vorfrühling. Ruhig und blaß liegen die Inseln einiger Wolken im Geäder der Kronen.

Da ist der Fluß. Blauschwarz und unerschöpflich wie Indianerhaar schwimmt er heran und rutscht schräg über flache Schwellen ab, die seinen Lauf dichter und träge machen. Aus der nahen Kläranlage treiben

Flecken wie Schimmel vorbei, aufbereitetes Eiweiß, von dem sich, schmutziger weiß und in unmerklichen Stößen, ein paar Schwäne absetzen. Die kunstvolleren Wasservögel, die noch zum Park gehören, haben einen eigenen Kanal für sich, mit Rispenzeug vergittert. Dahinter sehen die Pekingenten noch chinesischer aus, und die Störche ähneln denen im Bilderbuch.

Am Tisch, er sitzt jetzt richtig am Tisch, in der Strickjacke mit dem großen Reißverschlußring, der selbstausgezogene Overall hängt an der Lehnenecke (ich hänge ihn ordentlicher), versucht mich mein Sohn einzuordnen. Wo ich hingehe? – Schon gesagt. – Woher ich komme? – Das weißtu doch Maat. – Wer sonst noch da ist? Außer mir? – Meine Frau. Alexander. Dazu suche ich für uns beide auf der Karte was aus. Himbeereis, soviel weiß er. Königinpastete vielleicht? Kunstvoller geschlachtete Tierarten sagen ihm nichts. Er läßt sich von der Königin, die er aus Büchern kennt, ködern. Ich ein Rehschnitzel, Fräulein. Sie sind doch frisch? Als ob diese Frage in einem Gasthaus der Welt verneint würde. Bitte, dort oben standen die Rehe, taufrisch. Wir sehen den Fluß durch die Fenster. Er ist noch teeriger geworden und blendet doch. Wenn man wüßte, wo man die Storen herunterläßt, brauchte das Blinzeln nicht weiterzugehen.

Endlich gehen die verdammten Storen von selbst nieder, die ganze verglaste Front lang. Das Blinzeln ist plötzlich weggewischt, die Umrisse an den andern Tischen werden plastisch, man sieht die Gesichter zu den breiten Lauten, die sie bilden. Es ist auch die Sprache Michaels geworden, mittlerweile.

Jetzt wüßte ich aber gern, wer Raffi ist.

Rat einmal.

Er heißt fast wie du.

Wer heißt sonst noch so?

Ein Engel.

Der Maat staunt. Heiße ich auch wie ein Engel?

Michael und Raphael sind die Namen von Erzengeln.

Es gibt gar keine.

Nein.

Aber Raffi gibt es.

Ist Raffi ein Tier?

Der Maat zuckt die Achseln und ziert sich fürchterlich.

Ein Goldhamster?

Ach was, ein Goldhamster, die sind doch viel zu klein.

Ein Esel.

Ich bekomme doch nie einen Esel. Weil wir nicht genug Platz haben.

Die Königinpastete kommt zuerst, ein braunes Dächlein über dem Saucenberg. Ich nehme die Gabel und arbeite das Ganze wieder zu Urbrei zusammen. Michael weiß keine Einwände, Essen bleibt Arbeit für ihn, so oder so, wenn es nicht Dessert ist. Er habe nie Hunger, sagt seine Mutter, er nasche zuviel.

Hier respektiert er die Situation Restaurant, bewahrt Haltung, die ihm der große Stuhl, das komplette Besteck und der fremde Vater abverlangen und für die ihn das Fräulein rühmt. Die Gabel mitten am Stiel haltend, trägt er den Urbrei in seinen Mund ab; immer häufiger läßt er sie darin liegen, wartet auf das Wunder, daß sich der Brei von selbst verzehrt, und greift mit beiden Händen nach dem Glas, an dessen Rand sich Monde aus Brei absetzen. Es ist das zweite Mal geleert; das reicht, um auch die Pastete, von der noch fast alles übrig ist, abzuschieben. Zwei Gabeln Salat füttert ihm der Alte eigenhändig nach, wie früher, als er noch klein und die Welt in großer Unordnung war. Deswegen hättest du nicht blaß zu bleiben brauchen, Maat. Noch eine Gabel? Nein? Also her mit dem Himbeereis.

Er ißt es langsamer, als ich dachte, nascht offenbar gewohnheitsmäßig; ich kann mit dem Rehschnitzel bequem aufholen. So wird es Crème, sagt er und zeichnet mit dem Löffel Marmorschlieren auf den Schalenboden, Himbeer und Pistache. Das Grüne habe ich ihm angedreht, obwohl er lieber Schokoladeeis gehabt hätte. Aber erstens habe ich noch richtige Schokolade in der Tasche, und dann, warum soll er nicht das Unbekannte versuchen, wenn sein Vater das so gerne will. Raffael ist übrigens ein Kaninchen. Er hat es seit gestern und hält es auf seinem Zimmer.

Gibt es auch Pistasch in Biel, wo du hingehst? – Ja, Maat, in Biel wird es auch Pistasch geben. – Und wo du herkommst? – Auch. – Bekomme ich einmal Pistasch bei dir zu Hause? Wer ißt dann auch noch Pistasch, wenn wir essen? – Wer wohl, muß ich nochmals die Wahrheit sagen? – Meine Frau. – Und Alexander? – Noch nicht, viel zu klein. – Kann er nicht einmal das? – Nicht einmal das. – Weiter will er nichts von uns wissen. Den Kaffee schenke ich mir, ein Opfer, aber was hat er davon, zu meinem Kaffee stillzuhalten, wenn sein Pistache erschöpft ist. Ich ziehe die Puppe aus der Tasche, fahre ihr mit dem

Mittelfinger in den Kopf, mit dem Daumen in den linken Arm und dem Ringfinger in den rechten Arm. Es ist eine kunstgewerbliche Puppe, mit einem Regen weißen Haares, das über zwei grüne Augenknöpfe und den ledernen Schnabel fällt. Sie hat einen rot-weiß gestreiften Leib und hält sich etwas gichtig und verschroben, wie meine Hand darin, der gekrümmte Zeigefinger hat hinter ihrer Brust wenig Raum. Aber Kopf und Arme bewegen sich, knicken ein, das ist die Hauptsache, nicht wahr, Maat.

Wo hast du den her? – Aus Schweden. – Wem gehört er? – Er gehört dir. Er ist aus dem Geschichtenbuch, das ich dir letztes Mal gebracht habe. Erinnerst du dich? An Mumin und Mumrick?

Er erinnert sich nicht. Seine Mutter hätte ihm ruhig daraus vorlesen dürfen. Nur weil ich es mag, wird es kein uninteressantes Buch.

Wie heißt das?

Es steht da innen, sage ich, drehe den Rocksaum der Puppe um und lese einen fremden Namen.

Gib einmal.

Es ist ein Geist, sage ich und weiß nicht, ob das eine gute Idee ist.

Ein Geist? fragt er und schlüpft mit der Hand hinein. Ein guter?

Wo der herkommt, da ist der Winter so lange, da brauchen sie viele gute Geister.

Aber der ist der beste von allen?

Guck doch sein Haar an.

Er schüttelt es. Dann rutscht er vom Stuhl und fackelt mit seiner verkleideten Hand, mit Schnabel und Arm-

stummel im Saal herum. Ich bin ein Geist, ruft er. Er
ruft es schamlos laut, er ist es ja nicht selbst, der so
schreit. Die Leute gucken erst erstaunt, dann lächeln
sie, die Schafsköpfe. Die halten ein Kind mit einem
Geist an der Hand allen Ernstes für lieb. Wenigstens
leise ist er nicht. Er macht ihnen die Nachsicht sauer.
Wenn sie zu mir, dem Verantwortlichen, hinüberblik-
ken, nimmt es jenen kleinen scharfen Zug um den
Mundwinkel an. Er behandelt die wehende Puppe als
Flugzeug, macht Motorengeräusch und zieht Kreise,
hart an Tellern, Mänteln, an jenen kleinen Zügen um
den Mund vorbei; er überholt sie spielend. Der Lärm
wächst, die Kreise werden enger, suchen einen Punkt,
um den sie sich zusammenziehen können, fast habe ich
ihn vorhergesehen, es ist mein Hals, der Geist springt
meinen Hals von hinten an und hat mich beim Kragen.
Ich ziehe den Kragen ein, da rutscht der Geist, jetzt
geräuschlos, seine getarnte Körperwärme mitführend,
gegen mein Haar dem Wirbel zu, einmal, und dann
noch einmal. Die Gestörten haben sich wieder ihren
Plättchen zugewandt, der Geist torkelt sanft von meinem Kopf weg in eine besonders leere Leere. Gehen
wir, sagt Michael. Zum Kreisler. – Er ist unheilbar.
Es ist zu spät für die Wildschweine, sagt er.
Warum, wo sind die?
Viel weiter vorn, ich habe gemeint, du wüßtest das.
Wir müssen zum Kreisler, sonst kommst du zu spät.
Aber den Raffael bekomme ich noch zu sehen, rufe ich
ihm nach, denn er rennt schon voraus, bergauf.
Er steht schon lange beim Chrysler und fährt mit dem
Finger über die Rostnähte im weißen Lack.

Da fällt es auseinander, sagt er, ich habe noch nie ein so kaputtes Auto gesehen.

Das kommt vom vielen Waschen, sage ich und suche nach Luft. Vorn oder hinten?

Vorn. Dann muß er sich anschnallen lassen. Aber erst alle Knöpfe drücken. Innen ist der Chrysler schön, er sieht aus, als hätte eine Jukebox Weihnachten. Hupen. Nochmals hupen. Ich sehe mich nach den Rehen um, aber nur die Fußgänger stellen die Köpfe. Schluß, Maat. N wie Neutral, gut, erst anlassen, aber dann wirst du gefesselt. Es geht um dein Leben, Maat, da muß mir Gewalt erlaubt sein. Ich drücke auf den Zahn D. Der Chrysler schwimmt an, verschluckt sich zart und murkelt tiefer.

Wozu habt ihr das? fragt er die Kopfstützen. Ich erkläre ihm die Geschichte vom Auffahrunfall, rede, die Augen hart am Verkehr, von Fliehkraft und Trägheit. Michael besteht darauf, daß es einen bei Unfällen *immer* nach vorn wirft. Mama hat es selbst gesagt. Darum schnallt man sich doch an. – Wenn du vorn anstößt, wirft es dich nach vorn, und wenn dir einer hinten reinfährt, klappst du nach hinten.

Mich wirft es *immer* nach vorn. Gut, hab du deine eigene Physik, Maat. Deine Schokolade ist alle, ich versteh ja, daß du jetzt recht haben mußt. Ihr habt also nicht mal Kopfstützen in eurem Auto, sage ich.

Weil wir keine brauchen, sagt er. Wir haben alles, was du hast, und noch viel mehr, außerdem hupt der Simca besser. Er greift mir ins Steuer und drückt die Hupstange. Frieden, du Ungeheuer, sage ich. Wenn du das im Verkehr machst, schlag ich ganz hart zu.

Übrigens stellen sie das alles in der gleichen Fabrik her, den Simca und den Chrysler.

Deinen haben sie *früher* gemacht, sagt er. Jetzt machen sie unsern.

Ich hätte auch lieber einen Simca.

Er sieht mich von der Seite an: das kann ja nicht wahr sein. Ich bringe den Chrysler mit einem wiegenden Schweben zum Stehen. Der Maat bemerkt so etwas natürlich nicht. Er ist schon aus den Gurten.

Jetzt spielen wir mit Raffi.

Frag erst Raffi, sage ich und begrüße seine Mutter.

Gut, sage ich. Er verändert sich alle vierzehn Tage, du glaubst es nicht. Sie hat ein neues Hosenkleid an. Nur eine Zigarette, bitte, sage ich, ich bin eigentlich schon längst weg.

Der Maat stürzt ins Haus. Wir kommen langsamer nach. Drinnen legt sie eine Platte auf. Atlantis, eine schlechte Kopie von Hey Jude, aber ich sage nichts; Hey Jude ist auch schon eine Weile her, wir streiten nicht mehr um Nuancen, das ist abgetan. Michael kommt nicht zurück, gräbt wohl oben in seinem Zimmer nach dem Kaninchen. Donovan überläßt sein Geflüster einem Chor zur besseren Stereophonie, der Rauch steigt wortlos und nicht ungastlich.

So, sage ich und drücke die Zigarette aus. Der Maat steht ohne Laut in der Tür. Wie wir vorbei wollen, packt er die Hand seiner Mutter, mit der andern mich an der Tasche, und zieht uns nach draußen. Schau, der hat Nackenstützen, sagt er. Wegen der Auffahrunfälle. Ich muß nur schnell probieren, ob sie beim Simca auch passen. Er reißt die Stützen von den Lehnen und schießt damit blindwütig der Straße zu. Bevor ich ihn zu fassen kriege, rutscht er und fällt; ich sehe ihn unter einem Lastwagen verschwinden. In Wirklichkeit hat er nur die Kopfstützen fallen lassen, zwei riesige Boxfäustlinge, und den Schlag des Simca aufgezerrt. Dann kriecht er hinein, wirft allerlei Kram, Zeitungen, Bücher, über die Vordersitze nach hinten, beugt sich zurück und zieht die Stützen hinein. Ein paar heftige Bewegungen, dann sitzen sie, wo sie nicht hingehören, nicht gebraucht werden, zwei kopfähnliche Gespenster.

Ich beuge mich hinein.

Sie passen, sagt er. Kommt.

Die passen doch überall, sagt seine Mutter, dafür sind sie gemacht.

Hup einmal, sage ich.

Für was, sagt er.

Ich ziehe die Nackenstützen sanft wieder weg, es eilt jetzt wirklich.

Sag Konsum, sagt er.

Konsum.

's Füdli voll Schuum, sagt er und blickt steif gradeaus.

Ich sage: Hör, Michael, jetzt zeigst du mir noch den Raffi, aber schnell, dann muß ich einfach weg.

Für was, sagt er, immer noch steif.

Aber hör einmal. Ich will doch den Raffi noch sehen, das ist doch klar.

Er ist oben, sagt er.

Ich gehe, erst zögernd, dann schneller ins Haus, werfe im Vorbeigehen die Stützen in den Chrysler. Die Treppe hinauf renne ich und blicke dabei auf die Uhr.

Im Zimmer herrscht jede Unordnung. Teile von Metallbaukästen, Kasperlepuppen (andere), Autos, eine kleine Tankstelle, Reste eines Weckers, und überall Spuren von Kleie oder Häcksel. Richtig, in der Ecke steht der kleine Stall, offen. Ich stoße die Tür ganz auf, schiebe einen schwachen Widerstand weg; da liegt das Kaninchen auf der Seite, die Augen offen, etwas Blut an der Schnauze. Man kann auf dem gelben Fell die Ränder sehen, wo er hingetrampelt hat. Dicht daneben das hellere Fell der Indianerweste, die ich ihm vorletztes Mal mitgebracht habe. Ich hebe den Kopf des Kaninchens an. Er ist schlaff und noch warm. Ich nehme einen Karton (zum Spielzeug Aufräumen), lege das Tier hinein, nehme ihn unter den Arm, gehe die Stufen hinunter. Ich stelle das Paket auf den Rücksitz des Chryslers.

Neben der Tür steht Michaels Mutter und schreit zum Straßenrand hinüber: Hör auf! Der Simca hupt, kurz und lang, der Verkehr macht einen Bogen um ihn. Sie will gerade hinlaufen und den Lärmer, den Mörder holen, als ich sie beim Arm erwische. He's killed the animal, sage ich, please don't make a fuss. I am taking it away. Just put his room in order. Ich weiß nicht, warum ich englisch rede, er kann uns nicht hören, er hupt zum Steinerweichen.

Meine Frau, meine frühere Frau steht ohne eine einzige Bewegung. Ich springe in meinen Wagen, lasse ihn anlaufen und fahre rückwärts hinaus. Neben dem Simca, der jetzt verstummt ist, lege ich an und drehe die Scheibe herunter. Er tut desgleichen.

Prima Hupe, sage ich. Ich komme bald wieder, Maat. Machs gut.

Das Kaninchen war nämlich zu klein, sagt er.

Eben. Wir suchen uns etwas Größeres.

Ein Wildschwein? fragt er.

Einen Erzengel, sage ich. Tschau.

Und fahre los. Wir hupen beide, ich kurz, er länger.
Im Rückspiegel sehe ich noch, wie seine Mutter ihn aus
dem Auto hebt.

Und jetzt los wie der Satan, den Braten auf dem
Rücksitz, nach Biel, zu den übrigen Delikatessen.

Der Stachel Jardón

Noch höher müßten sie stehen, damit man sie mehr aus der Tiefe fotografieren könnte. Vorne, bildfüllend, die zum Habtacht zusammengerückten Fußklötze, Maschinen mit groben Zehentasten. Darüber, grotesk verjüngt, Kopf und Zylinder, von der Perspektive zugespitzt und fortgerissen, klein in den weißen Himmel verloren. Es wäre ein barbarischer Winkel, derjenige des zertretenen Opfers, aber er ist nicht zu erreichen. Die Kolosse müßten hart am Rand der Plattform stehen, damit das Gefälle der Treppe dem Effekt zu Hilfe käme.

Er legt sich neben die Zehenquadern, drückt die Backe gegen die Erde und zielt nach oben. Schließlich liegt er ganz auf dem Rücken. Nein, es ist nichts. Er rappelt sich auf und geht mit schweren Füßen die Pyramidentreppe hinab, durch eine Reihe von Pfeilerstümpfen, in den offenen Platz hinaus. Er dreht sich wieder um.

Die Plattform mit den Kolossen (»Atlanten«) erhebt sich wie ein grober Wachtturm über die Trümmervorwerke. Im Teleobjektiv wird die ganze Kulisse kompakt wirken, ein Panzerhindernis voll stachliger Schatten. Die Steinzwecken, mit denen alle vier Stufen der Pyramide gespickt sind, können nicht alt sein. Aber sie strahlen etwas grausam Authentisches aus. Vorne, nach Süden, sind die Schatten hart daruntergeklebt, auf der Ostseite fallen sie schräg wie Messer. Man kann die Opfer schwerfällig durch dieses Stein- und Schattendickicht tropfen sehen, und wie sie sich irgendwo festhängen, entkernte Hüllen, während sich oben, auf dem flachen Bauch der Altarfigur, ihre Herzen beruhigen, eine kleinere Pyramide bläulicher Früchte. Nachschub für die Unersättlichkeit der Götter, denen zuliebe man den Krieg kultivierte, sich Feinde nachzog wie Mais oder Sisal. Wer sollte den hilflosen Hunger des Universums befriedigen, wer seine Einseitigkeit auffangen, wenn es dieses ewig nachrechnende Volk nicht tat, das in den Kalender eingeschlossen war wie ein Eichhörnchen in seine Trommel?

Er arbeitet mit Farbfilm. Zwar sind die Kolosse nicht farbig, nicht mehr. Aber die Leere dieses Himmels gibt ihnen eine Intensität, die ein empfindlicher Film wie eine Farbe wahrnimmt. Sie stehen Soldaten gleich, gottesbeklommen, vier in einer Reihe, die Arme an die Seiten gepreßt, mit platter Hand einen platten Blasebalg mitpressend, der laut Reiseführer ein Schwert sein soll. Auf der Brust, die sie nicht wölben dürfen, strecken sie der Sonne einen eckig gekerbten Panzer entgegen, ein Schmetterlingsmedaillon. Der Mund ist in sturer Erbötigkeit gerafft, zum Trichter eines Lächelns, in dem der Schreck nicht schmilzt. Sie stehen gebannt, um Beine und Hüften auch buchstäblich verschnürt, Wickelriesen. Sie waren Säulen gewesen, laut Führer, daher ihre Unfreiheit. Sie hatten einmal etwas getragen, ein Dach, ein Gehäuse, das längst abgeborsten ist; so steht die Unfreiheit allein, ertappt, der Sonne preisgegeben, der Indiskretion. Jetzt freilich, zur Zeit der größten Hitze, ist der Zulauf von Touristen aus den nahen Städtchen versickert. Vom Museum, das eigentlich nur ein vereinzeltes Gehöft ist, gackert ein Huhn herauf. Südlich, am hinteren Ausgang des Platzes, macht sich eine Ausgräber-Equipe zu schaffen. Man hört das Klirren des Geräts, kleine Rufe; sie wirken angenehm zerstreut, benommen in der Mittagsakustik. Das Murren eines Flugzeugs zieht sein eigenes Echo schwerfällig durch die Hinterhöfe des Himmels.

Man sollte ein Bild machen, das die Götzen unter diesem Himmel verschwinden läßt: als kaum noch erkennbare Stummel, Dornen auf dürftig gewordenem Nagelbrett. Er geht rückwärts, Schritt um Schritt, die Kamera vor dem grimassierenden Gesicht. Der Platz rollt sich immer länger vor ihm aus, das feste, knusprige Gras gibt seinen Füßen Gegendruck. Die Pyramide im Sucher wird kleiner. Er blickt sich nicht um; er weiß, daß er in der Weite dieses Raums nirgends anstoßen kann. Aber allmählich macht ihm diese Weite zu schaffen: so groß kann der Platz nicht sein. Immer mehr flacher Boden wandert zwischen seinen Füßen hervor, wie ein Schwindel packt ihn die Vorstellung, daß seine Füße diesen Boden selber spinnen, daß da eigentlich kein Boden mehr ist, wo er hintritt. Der Zwang, anzuhalten, sich umzudrehen, wird unwiderstehlich; er tut es, stolpert im selben Augenblick und fällt. Es gelingt ihm noch, die Kamera an die Brust zu drücken, wo sie keinen Schaden nimmt; dann liegt er. Er liegt ganz und gar bequem, so, als hätte er sich hier und nicht anderswo niederlassen wollen; wer ihn nicht fallen gesehen hat, könnte aus seiner Lage nichts anderes schließen. Bloß, diese Kombination von Mulde und Armlehne wäre von bloßem Auge kaum zu finden gewesen; man mußte darauf fallen.

Er liegt am hinteren Ende des Tempelquadrats, wo es sich mit einer leichten Senke in der Umfassung dem Lande öffnet. Es ist erblindetes, gelbes Land, das in weitem Bogen einer unbeschriebenen Niederung zufällt, hinter der gleichfalls unbeschriebene, kahle Berge im Mittagslicht verstauben. Ein wenig Wildnis kriecht herauf, hüfthoch nur, mehr lassen Höhe und Trockenheit hier nicht wachsen. Ginsterartiges, Kakteen verschiedener Sorte; bricht man einen der Triebe ab, so gerinnt der Wundsaft augenblicklich und bleibt wie gesponnener Zucker an den Fingern kleben. Etwas tiefer rücken zwei Ziegenköpfe in dem dürren Zeug herum und werden manchmal heftig hochgeworfen. Gleich gegenüber sieht er die Arbeiter in einer flachen, weitläufigen Grube hantieren, die, wie ein frisches Beet, mit einer Schnur umzogen ist. Staub raucht aus den Einschlägen der Pickel, die einander gemächlich folgen. Eine niedere Steinbank liegt frei; er hat allerdings den Eindruck, daß sie nicht eigentlich ausgegraben, sondern, der Ordnung halber, frisch gemauert wurde; so also entsteht eine Ruine. Die Arbeiter stehen wie Kinder im Sandkasten verteilt; der Hauch von Müßigkeit, der die Gruppe durchzieht, wird noch gehoben durch das Bild eines Schirms, der sich rosa gebleicht der Sonne zuneigt, während die beiden Jünglinge in seinem Schatten – sehen Archäologen so aus? – einander auf ihren Plänen etwas zeigen, was ihnen gute Laune macht. Die Leute reden deutlich, aber er versteht sie nicht; entweder ist es Dialekt, oder die Luft trinkt den Sinn der Worte wie ein Schwamm.

Er wälzt sich herum, in die Richtung, aus der er gekommen ist, und nimmt die Kamera wieder vors Auge. Besser. Links, weit hinten, die Kasematte, die »verbrannter Palast« heißt, dann hinter dem Pfeilerwald die Pyramide, auf der die Kolosse nur noch als Warzen flimmern, ertrinkende Spuren vor fast weißem Blau. Er baut das Teleobjektiv an. Er glaubt, daß darin, mit Hilfe der besiegten, aber nicht ganz aufgehobenen Distanz etwas von der Verlorenheit dieses Platzes hängenbleiben wird. Eine ganze Weile liegt er so, ohne abzudrücken. Eine Ziege meckert. Sein Auge am Sucher tastete einen möglichen Rahmen nach dem andern ab. Die Hände wackeln leicht, von der Hitze.

Da stören ihn Rufe. Sie wollen nicht aufhören. Schließlich blickt er nach hinten, über die Schulter. In den Kakteen, die wie borstige Männchen aussehen, stehen zwei Frauen in farbigen Lumpen und gestikulieren zu ihm hinüber. Er versteht nicht. Sie zeigen auf ihn, dann an sich selbst hinunter, auf ihre Füße. Dann streichen sie sich über die Hüften und betrachten ihre Hände. Dazu schütteln sie heftig die Köpfe.

Er steht auf. Nun sieht er es. Seitlich in seiner Sandale steckt ein Büschel gelblicher Kakteenstacheln. Einige davon haben sich in seiner Socke eingenestelt. Er will sie wegzupfen, da streift beim Bücken, wie giftiger Flaum, ein winziger Widerstand gegen seinen niedergleitenden Arm: auch die Hosennaht ist mit Stacheln gespickt. Und sein Unterarm selbst. Ein Halbdutzend Stacheln schlenkert leicht, wie Banderillas, in seiner Haut. Er betrachtet den Segen mehr verblüfft als erschrocken. Dann beginnt er die Stacheln teils wegzupflücken, teils auszureißen. Denn mit bloßem Ablesen ist es nicht getan. Ohne daß ihr Eindringen aufgefallen wäre, stecken sie lächerlich tief im Fleisch. Es hebt sich zu drastischen Hügeln, wenn er an ihnen zieht, ja sie scheinen sich darin festgesogen zu haben; mit einem hörbaren Laut schnellt es zurück, einem trockenen Schnalzen, als wäre sein Blut nicht recht flüssig; es dringt auch kaum in die Wunde nach. Er beschleunigt seine Pflückarbeit, als wäre Zeit zu verlieren. Immerhin nickt er einmal zu den Frauen hinüber, er ist jetzt klug geworden, er dankt ihnen. Sie stehen schweigend, wie erwartungsvoll; sie lächeln nicht zurück. Er ist so gut wie fertig. Noch zwei prächtige Exemplare im Unterarmmuskel, beim Ellbogen; das eine wäre beinahe abgebrochen, gibt dann aber mit jenem schon gewohnten winzigen Seufzer nach; der letzte Stachel, an dem er sorglos zupft, bricht ab. Die Spitze steckt, keine zwei Millimeter hoch, ein rötlich geränderter Punkt. In der Mittagshitze ausrutschende Fingerspitzen suchen ihn zu kriegen, klauben auf der feuchten Haut herum, die seine eigene ist. Der Unterarm läßt sich nicht recht nach außen biegen, er fühlt auch seinen Halsmuskel sich verkrampfen und gibt einen Augenblick auf. Das Achselzucken, das er dazu macht, ist für die Umgebung bestimmt, denn er sieht, aufblickend, nicht nur die gleichbleibend gespannten Gesichter der Hirtenweiber, auch drüben beim Grabeplatz scheint die Arbeit zu stocken, ein Mann mit Strohhut setzt sich in Bewegung, als wolle er herüberkommen, ein anderer behält den Fuß auf den Spaten gestützt und hebt die Hand vor die Augen.

Hat er einen so auffälligen Tanz aufgeführt? Lächerlich, das muß ein Ende finden, bevor der Mann im Strohhut sich einmischt. Er kneift mit den kürzlich geschnittenen Nägeln seiner linken Hand nach dem hartnäckigen Rest; er verflucht sich, daß er die Pinzette im Hotel hat liegenlassen (aber wer geht mit einer Pinzette ins Ruinenfeld?); dann packt er die ganze Falte Fleisch zwischen wütende Fingerspitzen. Das hätte er nicht tun sollen. Denn der Dorn verschwindet, sichtbar, ja, er verkriecht sich wie ein Wurm in den kleinen Hügel, und er sieht, wie die Haut sich darüber schließt, als wäre jetzt alles in Ordnung. Er hätte sich den Punkt merken können, in seiner Verblüffung denkt er nicht daran, sondern blickt auf: der Mann mit dem Strohhut hat sich in Trab gesetzt, der plötzlich nicht mehr humoristisch wirkt, steht schon neben ihm, faßt mit einer heftigen Höflichkeit, die nur der offensichtliche Notfall entschuldigen kann, seinen Arm. Und im selben Augenblick durchfährt ihn eine scharfe, absolut geruchlose Angst, und er weiß, wie man nur etwas weiß, was einem niemand sagen kann: daß er sterben müsse.

Abwesend vor Erstarrung, sieht er durch einen Schleier heftiger Deutlichkeit den breiten Daumen des Arbeiters seinen Unterarm auf- und niederfahren. Der Nagel ist rauchfarben und schwarz gerändert wie die Flügeldecke eines Käfers. Wo? wo? fragt der Mann und blickt ihm dazu unter seinem Strohhut ins Gesicht. Er streicht mit seinem plötzlich hinfälligen Finger der Daumenspur nach; er findet kein Gefühl. Es gibt kein Da mehr.

Er beginnt zu fragen: Ist der Stachel gefährlich? bohrt

er sich ein? in die Ader? wandert er durch die Ader weiter? bis zum Herz? durchsticht er das Herz? Der andere nickt zu jeder Frage, sorgsam, aber ohne Zögern. Die Blicke, die einander intensiv festgehalten haben, rutschen auseinander. Er entspannt den Arm und öffnet den Mund. So also. Also so.

Er wiederholt seine Fragen, schon leise, wie ein Fachmann; er spricht sie sich nur nochmals vor. Daß er redet (oder noch reden kann?), scheint die Situation für den andern auf schwer faßbare Weise verändert zu haben. Er wird scheu, der Druck des Daumens vermindert sich. Ein Verhältnis, bisher überschlagen, beginnt in sein Recht zu treten: das der Fremde. Schließlich ist er fremd. Oder durch den Stich der Pflanze erst recht fremd geworden? Die Ziege ist aus dem Gestrüpp herausgetreten und schnuppert an der Provianttasche, die im Baumschatten deponiert ist. Der Arbeiter kann es kaum mitansehen. Aber er läßt, mit Blick auf den Ellbogen, eine Anstandsfrist verstreichen, bevor er in die Hände klatscht, mit ein paar Sprüngen das Tier verscheucht und den Frauen scharfe Worte zuruft. Dann kommt er, die Tasche über der Schulter, zurück, pflichtschuldig. Vielleicht ist es nur noch Dienstwilligkeit, was in seinem Blick schwimmt; vielleicht haben alle Eingeborenen einen feuchten Blick. Sein Gesicht hat nur wenige, aber tiefe Falten; wer nicht von hier ist, kann auch die wenigen nicht entziffern.

Jetzt zieht der Bauer eine kleine Figur aus der Brusttasche, steinernes Gebäck mit einem mächtigen Kopfputz und gespreizten Käferbeinen. Er hält es wortlos in der flachen Hand; er macht keinen Versuch, es anzupreisen. Schämt er sich, weil das der ganze Trost ist, den er zu bieten hat? Oder weil er sich nun als schlichter Krämer entpuppt? Hat er den Stachel nur als Aufschub betrachtet, den man, dem Handel zulieb, mitmachen muß? Nur aus Gefälligkeit den besorgten Wundarzt gespielt? zu einer Lebensfrage nach der andern genickt, weil er nicht verstand? Es kann nicht sein. Die Sekunde der Todesangst hat nicht getrogen. Er nimmt dem Bauern den Götzen aus der Hand und gräbt in der Tasche nach einer Note. Während sein Arm sich bewegt, spürt er, giftig fein, als wäre da nichts, die minime Bekräftigung im Fleisch, den entschlüpften, unversöhnlichen Rest.

Er sieht, daß sie ihn im weiten Kreis umstehen und daß er etwas tun muß, um sie zu entzaubern, da ihre Besorgnis unnütz wird (zu spät kommt), ihre Neugier nicht mehr angebracht ist. So winkt er ab, versucht ein Lächeln, das abrutscht, sobald er sich umgedreht hat, mit jedem Schritt. Er geht auf den Platz zurück, die leere Arena, den Kopf gesenkt, während ihm die Kamera auf der Brust schlenkert; er sieht die einzelnen Gräser am Boden. Er geht auf die vor Schadenfreude erstarrten Kolosse zu und sucht zu verbergen, daß er läuft. Nicht einmal aus Todesangst ist es ihm möglich, die Angst vor der Lächerlichkeit loszuwerden. Das ist das Lächerlichste, es zeigt, was seine Todesangst wert ist, und er selbst.

Er berührt sein Auto, als wäre das schon verboten. Dann hört er seinem Atem zu. Dann tut er, als erwachte er. Es ist alles anders, aber doch nicht so viel anders, als man eigentlich annehmen müßte. Er geht auf das Museum zu. Das Museum besteht nur aus einem einzigen Raum. Er ist nach dem Hof hin offen, dessen Helle, nachdem die Augen sich gewöhnt haben, aus einer andern, feurigeren Welt hereinzuleuchten scheint. Die Hühner, die da zwischen zerbrochenen Lehmtöpfen und staubigen Stämmchen scharren, haben das Vereinzelte großer Wirklichkeit. Er sieht ihnen zu. Es kommt niemand. Er muß die Exponate betrachten. Figuren, Vergrößerungen ähnlich derjenigen, die in seiner Hand feucht wird (die Faust schmerzt beim Öffnen); geduckte Skelette, die sich im zu engen Fries wie in einem Stollen vorwärtstasten. Die Opfermesser, Herzskalpelle aus mildem, halb durchsichtigem Stein, gelb, auch grünlich; oh, er würde stillhalten. Plötzlich steht ein kurzer Mensch mit klugen Augen und schneeweißem Hemd neben ihm; es glitzert, als wäre es aus Zirkusseide. Sie gehen eine Weile neben den Friesen, Figuren und Krügen her. Der Mann redet englisch, wenn auch mit solcher Vorsicht, daß einem jetzt doch die Ungeduld kommt. Bei irgendeinem Krug unterbricht man ihn mit kurzem Lachen und erklärt unvermittelt: das und das ist passiert. Man hält ihm den Ellbogen hin: das Männchen draußen im Feld hielt das für gefährlich, lebensgefährlich, todesgefährlich. Der Mann berührt den Ellbogen nicht, guckt nur schräg darauf. Gefährlich? fragt er. Nicht gefährlich. Kein Lächeln? kein begründender Zusatz? einfach: nicht gefährlich, ohne den Ellbogen auch nur anzufassen? Das ist nur so hingesagt. Man muß ihm den Kaktus vor Augen führen. Der Mann folgt widerwillig. Er scheint seinerseits dem Eifer zu mißtrauen, mit dem ihn der andere vor sein eigenes Haus zieht, in die Wildnis hinaus. Um das Haus ist, im Umkreis von dreißig Metern, alle Vegetation niedergebrannt. Warum wohl? Weil der Mann sein eigenes Gesinde der Gefahr nicht aussetzen will, die er für den Fremden leugnet?

Er sucht sich den Mann tatsächlich mit einer kleinen Geste der Anbiederung, einem sinnlosen Lächeln zu verpflichten. Als hinge irgendetwas daran, wie der von ihm denkt, wenn alles vorüber ist. Da stehen die wolligen Männchen eins beim andern. Diese hier? Das sei »Jardón«. Der sei nicht gefährlich.

Jardón. Er klammert sich an den Namen, als vermöchte er so gut zu machen, daß er sich den Dorn selbst hat entgehen lassen.

Er kauft noch einen Führer, anstandshalber, in dem die Kolosse genau erklärt sind. In seiner Lage, und – »anstandshalber«! Jardón. Ist das ein wissenschaftlich haltbarer Name? Heißt das nicht etwa bloß: Distel? Das wäre eine grausame, ganz nutzlose Versimpelung der Sachlage. Sogar der Landesfremde kann sehen, daß das keine Disteln sind. Hat der Zirkusmann überhaupt regelrecht geantwortet – oder der wegwerfenden Schilderung, von der er ja nicht weiß, wie schwer sie täuscht, die Einladung entnommen, den Arbeiter draußen im Feld und seine Warnung seinerseits lächerlich zu finden, und den Fall unbeträchtlich? Der Tourist sieht, daß er, weil er nicht dazugehört, Geld hat und unehrlich lebt, nicht zu retten ist. Denn er kann, wenn er in seiner Sprache fragt, nicht einmal die Wahrheit über einen abgebrochenen Dorn erfahren.

Im Städtchen erkundigt er sich nach einem »guten

Arzt«. Man weist ihn zum Krankenhaus. Das Krankenhaus ist ein kleiner, neuer Pavillon mit grünen Kunstböden, in dem, zwischen verschiebbaren Wänden, wie in einer Ausstellung, sieben Betten stehen. Nur drei davon sind belegt. Man sieht hier eine zerrüttete Decke, dort einen Gipsfuß. Zwei hübsche kleine Krankenschwestern sitzen auf den Trittbrettern, die in den Garten führen, und schlürfen an ihren Tortillas. Er könnte jetzt nichts essen. Im Garten steht ein Baum mit hellblauen Blüten. Wo es hier einen guten Arzt gebe? Sie schütteln den Kopf. Ein Spital ohne Arzt? Ah, ein Arzt. Er sei beim Mittagessen. Wo das wäre? Das wüßten sie nicht. Wann er wiederkäme? In einer Stunde? fragen sie ihn. Es klingt, als wollten sie sagen: Wäre das ein Vorschlag? würden Sie darauf eintreten? Er denkt nicht daran. In einer Stunde fährt er in die Hauptstadt zurück. Vielleicht hat er keine Stunde mehr. Sie kokettieren nicht einmal mit ihm, wo sie doch hübsch sind, selbst ihre Augen schweigen. Sie sind einander ähnlich wie Zwillinge und seelenäugig. Aber sie haben keine Seelen.

Er versucht es trotzdem. Er erklärt ihnen den Stachel, und wie der Mann vom Felde sich dazu geäußert hat. Er macht ihn zu einem würdigen, weisen Mann, fast einem Kräuterheiligen. Er spricht besonders grausam vom Stachel ins Herz. Die Schwesterchen bleiben ungerührt. Ist es ihr Herz? Das wird sich herausarbeiten, sagen sie und stehen nicht einmal auf.

Was soll er tun? Sich auf den lichtgrünen glatten Boden werfen und schreien: ich sterbe, ihr zarten Ungeheuer, hört ihr es, ich sterbe? Auf diese Art Boden wirft man sich nicht. Statt dessen hebt er einen Ellbogen und mustert ihn mit dokumentarischem Blick. Die Nähe des Spitals macht ihm, was angesichts dieses Spitals ganz sinnlos ist, Mut dazu. Er blickt streng, als könnte er damit das Spital erpressen, ein anderes Gesicht anzunehmen, eins mit Niveau. Auf dem Ellbogen zeichnen sich etwa fünfzehn gleich rote Punkte ab, wie ein humoristisches Ekzem, oder Einschüsse einer Schrotladung. Unmöglich zu sagen, welches der springende Punkt ist, der Treffer. Er sieht mit Besorgnis die matten, dicht verstrickten Schatten der Venen durch die Haut scheinen. Alle schiffbar, alle zum Herzen führend. Er sieht den Stachel, das stumpfe Ende voran (denn er darf ja nicht hängenbleiben) von einem Kanal in den nächsten, größeren gelotst werden, träge, quälend langsam, aber ohne wirkliche Qual: bis diese aus dem Versteck einer unerwarteten Sekunde zuschlägt, eine Pranke aus Feuer, nach der seine beiden schon verkrampften Hände fassen werden, ohne sie fassen zu können. Dann sieht er seine Finger schlaff werden und sich strecken, einzeln.

Er hält den Schwesterchen einen Vortrag. Gewiß, sagt er, verhält es sich in der Regel so, daß ein Stachel vom gesunden Fleisch wieder herausgearbeitet wird. Schließlich ist er ein Fremdkörper wie ein anderer. Aber bei der Kaktus-Abart, die im Volksmund als »Jardón« bekannt ist – sie hätten gewiß schon von ihr gehört –, gilt diese Regel nicht, und darin besteht die Ungemütlichkeit des »Jardón«. Nämlich, die Stachel dieser Pflanze sind mit winzigen Widerhäkchen versehen, die beim geringsten Gegendruck der Wirtsubstanz,

z. B. hier des menschlichen Fleisches, wie Fortbewegungswerkzeuge wirken, Füßchen, sozusagen, und deswegen, weit entfernt, ausgestoßen zu werden, wie sich das gehört, im Gegenteil ihren Weg ins Innere des Wirtes suchen. Deshalb kann er, der Sprechende, dem einfachen, aber kräuterkundigen Landmann seinen Schreck nicht übelnehmen, und es empfiehlt sich vielleicht, zwinkert er hilflos, den Herrn Doktor ausnahmsweise aus seiner wohlverdienten Mittagsruhe zu reißen. Gewissermaßen handelt es sich um einen Notfall.

Die Indolenz dieser Puppen erbittert ihn. Selbst wenn es nichts wäre: sie könnten nicht wissen, daß es nichts ist. Ihr medizinisches Ethos verpflichtet sie, erst das Schlimmste anzunehmen. Medizinisches Ethos! nie gehört. Hier zeigt sich der mangelnde Respekt südlicher Völker vor dem Leben, vor seiner Art Leben. Womöglich hielten sie ihn für einen Gringo und genossen es, ihn das Notwendigste entbehren zu sehen. Ich bin Europäer, sagt er. Sie beißen von ihrer Tortilla ab und nicken, vorsichtig, um von der Gemüsefüllung nichts zu verschütten.

Es ist also gefährlich.

Sie schütteln den Kopf. Es wird sich herausarbeiten.

Er dreht sich um und geht zum Wagen. Er ist sich der Lächerlichkeit seiner Lage bewußt, die dadurch verschärft wird, daß sie auch tödlich sein kann. So nicht! sagt er. Bitte nicht so. Er bittet beinahe. Aber er unterläßt es, während des Fahrens die Hände auf dem Steuer zusammenzulegen.

Diese zerlumpte, erschöpfte Mondlandschaft. Die mörderische Geduld dieser Bergformen, dieser Ochsen, die sich mit der Stirn ins Geschirr legen, und des Mannsgespenstes, das hinter ihnen herstolziert, von einer schäbigen Ewigkeit zur andern, Furche um Furche, in die das Gespann allmählich hineinwächst. Geier, zutraulich wie Krähen, die spät und umständlich auffliegen, als lohne es kaum noch der Mühe, ihm Platz zu machen. Als sich mit heißem Atem und regelmäßigen Agavenfluchten eine Ebene vor ihm auftut – viele Agaven sind mit hohen Blütenständen bewimpelt –, wird die Fahrt genußvoll, und er ist im Begriff gewesen, sich zu vergessen. Aber dann mahnt ihn ein zarter Schmerz, der längere Zeit unter der Oberfläche versteckt gewesen ist und jetzt zu murmeln beginnt. Wo ist das? In der rechten Achselhöhle? Schon so weit? Oder beginnt die Lymphdrüse zu schwellen? Der Boden, auf dem er lag, war nicht hygienisch. Blutvergiftung. Ziegenmist. Tetanus. Er ist nicht geimpft.

Beim Durchschneiden der Landschaft wird ihm bewußt, wie er lauert, auf die jähe Attacke, den unbegreiflichen Feuerüberfall, der ihn von innen und außen gleichzeitig durchschießen wird. Exekution aus den eigenen Adern. Er streckt sich in dieser Erwartung, ganz leicht, ohne den Druck aufs Gas zu vermindern; sie grenzt an Wohligkeit, an etwas Kindliches, das ihm die Hand gegen das Herz stemmt. Vor ihm, auf der Straße, schwanken fünf Grashaufen, in denen kleine Eselchen stecken. Er fährt mit plötzlicher, ingrimmiger Vorsicht, einer Wallung von Mitleid zwischen ihnen durch. Verwandte Form. Wie lange noch? Er streift einen der Ballen; ein paar Gräser bleiben in der Fensterschräge hängen und zucken steif im Fahrtwind. Brüder. Er beschleunigt sorgsam, um die Tiere nicht zu verstören. Nein, es will nicht gelingen. Das Wasser, das eine Träne hätte bilden sollen, kriecht vor seiner gespannten Erwartung hinter das Lid zurück.

An einem Tag, der vielleicht der letzte ist, geht alles schief. Er kann die Autovermieterei nicht finden. Der rasende Verkehr der Hauptstadt drängt ihn auf Nebenstraßen, die in fernere Nebenstraßen führen, aus abgerissenen Gegenden in immer ärmere. Unter seiner Schulter tickt der Zeitzünder. Obwohl er nicht den geringsten Appetit spürt, sitzt in seiner Magengrube eine körperliche, massive Leere, die ihn innerlich aushöhlt, eine Art Hungerkrampf ohne Hunger. Ab und zu liest er an einer Hauswand die Tafel eines Arztes, aber die Wand ist bröcklig, der Name einheimisch-bombastisch; in dieser Gegend kann nur der verkleidete Tod hausen. Es ist schwer, nach Gefühl zu fahren, wenn das Gefühl sich hinlegen möchte und sterben (nicht sterben). Aber dann kommt ihm, klangvoll hupend, eine riesige Störung entgegen, ein gassenverdunkelnder Tankwagen. Er ist in eine Einbahnstraße geraten, muß rückwärts hinauszirkeln, sein Leben muß ihm wieder lieb sein; unter diesen Preßluftfauchern ist es dem stärksten Mann nicht möglich, auf dem Niveau seiner Lage zu existieren und den Tod geistesgegenwärtig zu halten. Er kommt sich unsäglich beschämt, wie ein Idiot vor, wie er, einen Arm auf die Lehne gelegt, durch das zappelnde Rückfenster einen Ausgang aus dem Gäßchen sucht, während die Kühlerrippen des Ungeheuers knirschend nachrücken. Aber es ist noch nicht die Neige. Halben Wegs stottert der Motor und versackt. Kein Benzin mehr. Bevor er dazu kommt, das Unheil in die Führerkabine über ihm zu melden, fühlt er, wie er geschoben wird, zornig geschoben wie ein störrisches Kleinkind. Er hat alle Hände voll damit zu tun, den Ausgang zu erwischen, ohne in die Fahrbahn hinausgeschleudert zu werden. Er reißt am Steuer und fliegt an den linken Straßenrand. Er tritt auf die Bremse und lebt. (Wozu? um die Autovermietung nicht zu enttäuschen?) Das Ungeheuer prescht an ihm vorbei, dreht, nicht enden wollend, in den Verkehr hinein ab; es ist eine Bewegung, wie man sie sonst nur im Rückspiegel sieht. Langsam kriecht Gefühl in seine klammen Knöchel zurück. Vor unzähligen Jahren hat er sich einmal beim Lehrer für seine Verspätung entschuldigt: ein ganz langes Auto sei vorbeigefahren, deshalb habe er die Straße nicht überschreiten können. Daran denkt er jetzt. Er war geschlagen worden, weil die andern wieherten. Soll das alles, die ganze Sorge um ihn, soll die ganze lange, viel zu kurze Zeit umsonst gewesen sein? Es ist kein ganz logisches, aber intensives Gefühl; es verdunkelt sich mit ohnmächtigem Mitlied.

Der Tankwagen hat übrigens Benzin geführt. Wo soll nun sein Benzin herkommen? Er steht in einer Straße voll Altkleiderläden, die mit Frauenwäsche auf den Gehsteig hinauswuchern, schmutzigem Rückenschaum, Büstenhalter für Stuten. In einer dunkeln Ecke findet er einen Kanister Benzin, aber er muß seine Kamera zum Pfand hinterlassen, und das ist ganz gut, denn was sonst im Wagen blieb, ist verschwunden, wie er zurückkommt: Handschuhe, Sonnenbrille, Proviant, Reiseführer, sogar der kleine, in dem die Kolosse näher beschrieben sind. Allerdings hat die Belegschaft des Ladens, als er mit dem Kanister zurückkommt, die Kamera ein bißchen auseinandergenommen, die vielen jungen Leute, die da plötzlich den Tresen bevölkern, haben vielleicht auch ein- oder zweimal abgedrückt und die Filmkammer einen Spalt geöffnet, interessehalber, die letzte (letzte!) Aufnahme mit den Steinmännern nochmals belichtet. Er kann es nicht beweisen und lächelt mit, aus Feigheit; er ist noch gnädig weggekommen, es ist ein Viertel, wo man seines Lebens nicht sicher ist. Nach einer Stunde reagiert endlich ein Taxi auf seinen vorgehaltenen (kranken) Arm, läßt sich gegen 40 Pesos beschwatzen, ihn zum Autovermieter zurückzulotsen, ans entgegengesetzte Stadtende, natürlich. Der Wagen springt unter Protest an, der Sprit ist offenbar ein Schock für den Motor, aber dann fährt er wie der Satan, der Taxifahrer scheint nicht gesonnen, sich seinetwegen lange aufzuhalten. Wäre nicht ab und zu ein Rotlicht zu Hilfe gekommen, seine 40 Pesos wären ihm unter dem regenbogenfarbigen Dach glatt davongefahren. Freilich, er entwickelt auch eine jägerische Wut, die er sich nicht zugetraut hätte, einen Verfolgungsrausch, der die fünfspurige Konkurrenz einfach zur Seite drückt und das Leben fast wieder lebenswert macht; wer Auto fährt wie er, kein Zweifel, der lebt. Beim Vermieter zahlt er, es geht jetzt in einem zu, auch den Kratzer, den der Angriff des Tankwagens im Lack zurückgelassen hat, und den verbogenen Grill, die demolierte Stoßstange, er mag nicht markten. Erst auf der Straße packt ihn Erbitterung darüber, daß man seine Lage benützt, um ihn auszunehmen. Können die nicht warten, bis ich tot bin?

Es paßt dazu, daß er, endlich im Hotel zurück, an diesem ganzen Abend keinen Arzt mehr erreichen kann. Je länger er auf seiner Bettkante vor dem Telefon sitzt, desto mühsamer sind selbst die Absagen träger, begriffsstutziger und keiner Fremdsprache mächtiger Praxishilfen zu erwirken. Er versucht alle deutsch und amerikanisch klingenden Ärzte hinten auf den gelben Seiten des Telefonbuches; nach zwei Stunden ist es erreicht: nirgendwo mehr ein Arzt zu Hause. Er denkt: eine Nacht gewonnen. Ich darf sitzen bleiben. Im Knacken der Verbindungen, welche die Operatrice immer mürrischer herstellt, hört er die Tücke der Objekte, die sich schmunzelnd verschworen haben, seiner Not kein Gewicht zu gönnen. Wie hätte er da zugeben dürfen, daß sie ja eigentlich auch keins mehr besitzt! Sein Unterarm brennt ein wenig, aber nur nach Aufforderung, wenn man sich darauf konzentriert, vielleicht ist es bloß Sonnenbrand. Die Achselhöhle gibt Ruhe, aus allen Ecken des Hotelzimmers schleicht, mit dem Zwielicht, die matte Betäubung des Gewöhnlichen wieder herbei. Endlich läßt er die Wählscheibe in Frieden und zieht sich aus, ohne Licht zu machen. Er könnte den Notdienst eines Spitals in Anspruch nehmen, aber was könnten die ihm noch sagen? Die warme Abwesenheit von Gefühl, worin er schwimmt, scheint ihm das geringere Übel als die Mißverständnisse, die in einem exotischen Spital drohen. Ja, von Übel kann eigentlich nicht mehr die Rede sein. Ihm ist leicht, fast wohl. Er ist seinen Dorn satt. Meinetwegen, sterbenssatt. Er genießt jede Minute, die ihm noch verbleibt, sein Genuß hindert sie, flüchtig vorüberzugehen. Noch ist er der Herr, Herr seiner Schmerzen. Der altertümliche Titel berauscht ihn sanft; dies, und der Trotz gegen die störrische, dumpfe, unverständige Ferne jeder Hilfe lassen ihn bald einschlafen.

Der Arzt, den er am andern Morgen aufsucht – so glatt, als wäre nie etwas gewesen –, ist ein Europäer, beinahe Landsmann, und hat die fahrig muntere Art eines erfolglosen Menschen, der sich ein paar Tics zugelegt hat, um nicht verlorenzugehen. Unsichere Ärzte sind ein Schrecknis. Sie erlauben einem, wenn man empfindlich ist, nicht, die Patientenrolle ungebrochen zu spielen. Der Arzt reißt den Ellbogen mit dem Dorn an sich, zieht seinen milchfarbenen Zeigefinger darüber hin, nicht einmal den Daumen, und munkelt. Dann gibt er in einem stürmischen Ausbruch zu verstehen, der Ellbogen sei sehr schön.

Von diesem Menschen ist natürlich nichts zu hoffen. Aber es scheint auch nicht mehr wichtig. Er mustert den Arzt finster und voll Mitleid. Er erlaubt ihm, das Gesicht zu wahren, seine kleinen Rituale zu durchlaufen. Ja, er darf sogar seine Bleischürze umhängen und im Röntgenschirm nach dem Stachel suchen. Aber wie er auch den Ellbogen dreht, er kann nichts finden. Der Stachel ist ja auch kein Fremdkörper mehr. Trotzdem, sagt der Arzt, das arbeite sich unbedingt heraus, keine Sorge. Das könne gar nicht anders.

Er fängt von den Widerhaken an, schon etwas müde, aber die Widerhaken machen angeblich keinen Unterschied. Er erinnert an die instinktive Medizin einfacher Menschen, die vom Vater auf den Sohn überliefert wird und nicht selten die Schulmedizin zum Spott macht. Der Arzt nickt hell begeistert. Dafür interessiert er sich auch. Es ist ein äußerst unbefriedigender Arzt. Schließlich redet er sich auf eine Spritze gegen Starrkrampf hinaus und blinzelt ihm dazu in die Augen. Aber er läßt sich nicht ins Einverständnis ziehen. Es wird eine Sache des guten Stils. Und wenn er sich nicht herausarbeitet?

Dann vergessen Sie ihn.

Er nickt und bezahlt. Auf der Straße sagt er halblaut: jetzt mußt du also sterben. Aber mußte er das nicht ohnehin? War das neu? Er fühlte sich wie ein blinder Akrobat, der endlich, endlich vom Seil gestürzt ist – und entdecken muß, daß das Seil ein paar Handbreit über dem Boden gespannt war. Oder der Fall ist so ungeheuer, daß er unmerklich ist wie die Drehbewegung der Erde. Wie ein Schmerz durchfährt ihn der Gedanke, daß man jetzt auch leben könnte. Es ist ein anderer Schmerz als der erwartete. Wenn er sich sofort den Arm abnehmen ließe, ob dann der Stachelrest noch zu retten wäre?

Er drückte den Arm an sich, als wäre es nicht sein eigener. Dann begann er mit äußerster Vorsicht die belebte Straße zu überschreiten. Er sprang von einer beweglichen Lücke im Verkehrsstrom zur andern, und er hatte sich eigentlich schon freigesprungen, als ihn ein Wagen voll Bauarbeiter, ein älterer Nash, überfuhr.

Großvaters kleine Freude

Großvater erzählt nicht gern von seinem Besuch im Bordell, aber wenn wir ihn artig bitten, läßt er sich erweichen. Er ist ohnehin der Gesündeste in unserer Familie. Wenn wir vormittags alle liegen bleiben, setzt er sich in seiner tadellosen Uniform aus den siebziger Jahren an unser Bett. Erzähl, Großvater, sagen wir dann. Er lebt bei uns, dafür erzählt er uns etwas. Wir passen jedesmal auf, ob die Geschichte dieselbe bleibt. Die folgende Geschichte ist eine Zusammenfassung aller Geschichten, die uns der Großvater, an unserem Bett sitzend, von seinem Besuch im Bordell erzählt hat.

Eines Morgens in seinen mittleren Mannesjahren sei der Großvater, seinen Musterkoffer mit fünf Stück Kunstrasen an der Hand, im weit entfernten Knotenpunkt Njesa angekommen. Es sei 10.34 h gewesen; erst um 15.00 h habe der Treff mit dem Präsidenten des Turnsportvereins stattfinden sollen. Um Njesa habe sich noch immer eine breite, von Fachwerkkirchen und Wacholderbüschen gesäumte Marktlücke geöffnet. Großvater habe den Schlafwagen im Wald-Heide-Expreß genommen, um als Erster Reisender das Terrain in Njesa, das bis in die durchfahrenden Züge hinein nach Flieder duftete, für den Kunstrasen vorzubereiten. Hier gedieh ja, selbst auf Sportplätzen, immer noch das alte, mürbe und empfindliche Grün.

Aber als er um 10.34 h und auch um 10.35 h auf dem bereits harte Schlagschatten werfenden Bahnhofsplatz

Njesas stand, habe er, die mehrstöckigen Häuser von oben bis unten betrachtend, nichts weiter feststellen können, als daß es zum Essen noch zu früh gewesen sei. Mit trockenem Mund habe er vor dem klinkerfarbenen Weichbild Njesas gestanden und vergebens nach Appetit gesucht. Plötzlich habe ihm die Lust gefehlt, eine Stadt zu betreten, wo die Küche noch weitgehend tierisch gewesen sei.

Schmorbraten mit Remouladensoße! rufen wir aus dem Bett.

Kurz und gut, der Großvater sei ohne Ziel aus dem Bahnhof in die Luft hinausgetreten, der Musterkoffer habe so leicht gewogen, daß er einem Spaziergang keinen Widerstand geleistet habe, und so sei er über die Straße in deren Schattenseite hineingegangen und habe sich, den offenen Platz vermeidend, von der ersten besten Häuserzeile führen lassen. Diese sei parallel zu den Geleisen gelaufen, in die Richtung, aus der sein Zug gekommen sei. So schmal sei der Bürgersteig gewesen, daß er ihm nicht erlaubt habe, sich von den schattigen Gebäuden, die er fast mit der Schulter gestreift habe, ein Bild zu machen. Freilich habe er den Eindruck gehabt, eine Gegend zu betreten, in der nur Dienstleistungsbetriebe der gröberen oder lärmigen Art gediehen, Autoreparaturstätten, deren Windrädchen sich träge gedreht hätten, weil kaum Wind geherrscht habe, eine Bierbrauerei mit verwahrlosten, schlecht gepflasterten Vorplätzen, Lagergebäude für Gürtelreifen und Ähnliches, auch halb zugenagelte Unterkünfte für Gastarbeiter.

Weiter, Großvater, sagen wir.

Und immer die Züge im linken Augenwinkel, die schwerfällig rangierten, unter gedehnten Pfiffen zusammenstießen, während die Hitze über den Schienen geflimmert habe. Allmählich seien die Geleiselandschaften weiter und öder geworden, auch auf seiner Seite hätten die Gebäude abgenommen, Schuppen nurmehr, bis auf ein einzelnes hohes Bauwerk, dessen Brandmauer eine Kakaoreklame mit entblößten weißen Zähnen getragen und dadurch die Einsamkeit vermehrt habe.

Eine Kakaoreklame! lachen wir.

Unter diesen Umständen seien natürlich die Sonnenlücken zwischen den Schlagschatten immer weitläufiger geworden, und im selben Maße habe sich der Himmel, dessen Helligkeit für die Augen fast finster wirkte, vergrößert.

Spannend macht ers, sagen wir und wickeln uns in die Decken.

Jetzt sei er alt geworden, sagt der Großvater, aber schon damals sei er nicht mehr ganz jung gewesen. Darum habe er plötzlich seine Beine gespürt und Schweiß auf der Stirn. Jedenfalls habe er sich vorgenommen, auf der Höhe jenes einzelnen Hauses mit der Kakaoreklame umzukehren. Man müsse sich im Leben immer ein Ziel setzen. Vor diesem Haus angelangt sei er, um seinen Entschluß umzukehren, in die Tat umzusetzen, oder einfach: umzusetzen, einen Augenblick stehen geblieben. Von vorne betrachtet sei es ein Wohnhaus im Stil französischer Mietskasernen gewesen, die ihrerseits, wenn auch nur schwach, französischen Schlössern nachempfunden gewesen seien (oho! sagen wir an dieser Stelle), mit einem hier ungebräuchlichen grauen facettierten Dach, das die Reklametafel vorher zugedeckt habe; jetzt habe man auch die Gerüste sehen können, welche die Reklame von den Mansarden her gestützt hätten. Fensterläden freilich hätten gefehlt, dafür seien die meist kaputten Fensterrahmen und Simse rosarot auf gelb nachgemalt gewesen. Diese Spuren von Vornehmheit hätten eine Wirkung gehabt, die durch die Vereinzelung des Hauses merkwürdig gesteigert worden sei; und zu dieser Wirkung habe auch ein verblaßtes, braun gewesenes, offenbar ungültiges Schriftbild auf der Fassade gehört, das zwischen dem ersten und zweiten Stock in gotischer Schrift auf einen Hartmuth Müller, Kohlen, gelautet habe. Zur Entzifferung habe er ein paar Schritte wegtreten müssen, was das breite, ja uferlos gewordene Trottoir hier erlaubt habe. Das unnatürlich ferne Getöse der Züge im Rücken, die sich noch weiter entfernenden und immer hemmungsloser werdenden Dampfstöße einer Lokomotive, sowie die Überanstrengung seiner in die Sonne blinzelnden Augen und der plötzlich fühlbar gewordene Koffer hätten ihn dann wieder bewogen, den Hausschatten aufzusuchen, um darin umzukehren, und in diesem Augenblick habe sich ein alter, zuvor nicht da gewesener Portier aus diesem Schatten gelöst und ihm mit höflich vorgehaltenem Arm keine Wahl gelassen, als einzutreten.

Jetzt kommts, sagen wir, und stopfen uns die Fäuste in den Mund.

Der Hausgang, in den er eingetreten sei, sei mehrere Sekunden völlig leer gewesen. Nur die Sensation, in eine Klinik geraten zu sein, habe ihn diese Sekunden verstreichen lassen, auch wohl die Kühle, die von den pastellfarbigen Wänden und Türen, dem teils Tapeten, teils Holz imitierenden Plastik sozusagen atemlos – Kunststoff atme nicht – ausgegangen sei. Tür an Tür habe er vor sich gesehen, wie in einem Taubenschlag, Leichenheim oder Kindergarten, etwas hoffnungslos Niedliches habe in der Luft gelegen, die ihn an nichts, durchaus nichts erinnert habe, vielleicht an einen unbekannten Verlust.

Dann aber sei sofort mit herzlichem Lächeln ein kaum bekleidetes Mädchen auf ihn zugetreten, habe den Mund zum Sprechen geöffnet, sei aber von einer zweiten, sich in Positur schiebenden Frauensperson, die für ein altmodisches Fest gekleidet gewesen sei und mit würdevoll bemaltem Gesicht zu ihm aufgeblickt habe, etwas zurückgedrängt worden. Er habe sich an diese gewendet und mit schwachem Lächeln gefragt, ob es hier etwas zu trinken gäbe, er habe eigentlich kein Bedürfnis, als in *intelligenter* Gesellschaft eine ruhige Stunde zu verbringen. Mit gleichem Lächeln und einem Blick auf seinen Koffer habe die Dame versichert, daß es hier jeder Gast nach seinen Wünschen halten könne, nur sei ihnen, habe sie gesagt, der Ausschank starker Getränke verboten. Im übrigen, habe sie sich zu dem kaum bekleideten Mädchen gewandt, werde er, was das Köpfchen betreffe, mit dieser hier sicherlich auf seine Kosten kommen, und habe den Raum zwischen ihnen andeutungsweise frei gegeben. Mit welchen Kosten er denn außerdem würde rechnen müssen, habe er gefragt und zur Antwort bekommen, das werde er mit dem Mädchen direkt regeln. Er habe seinen Wunsch wiederholt, daß er nur ein stilles Gespräch bei einem Getränk suche, worauf sich aber die Dame mit dem scharf ausgemalten Gesicht bereits weitergewandt habe und er, genau besehen, dem Mädchen bereits auf die ersten Treppenstufen gefolgt sei. Was er von ihrem Gesicht habe erhaschen können, sei weder unangenehm noch verlockend gewesen, eine Erinnerung an niemand, den er gekannt habe, am ehesten vielleicht an die Frau eines Jugendfreundes, mit dem er seit vielen Jahren nicht mehr verkehrt habe, und auch mit dieser Frau habe ihn damals nichts Genaues verbunden, kaum ein bestimmtes Gespräch. Treppe um Treppe sei er hinter dem Mädchen so hergegangen, daß sich der Abstand zwischen ihnen vergrößert habe. Auch das Treppenhaus sei auf den ersten Blick abwaschbar gewesen, Oberflächen, die sich staubfrei verbunden hätten und, obwohl sie räumlich gewesen seien, alles Perspektivische verloren hätten. Er sei diesem Mädchen in seinem roten, mehrfach gebänderten Höschen und Büstenhalter durch reine *Flächen* nachgestiegen und habe plötzlich gemerkt, daß es in diesen Nicht-Räumen auch nicht einen Schimmer von Tageslicht gegeben habe. Die Helle der Birnen in ihrem Ziergitter, die gleichmäßig über die Treppenhausdecken verteilt gewesen seien, hätte jede Ecke glattgestrichen. Vermutlich seien die Tüllvorhänge, die er von draußen gesehen habe, drapierte Bretter gewesen. Er habe nun doch eine Zunahme der Temperatur gefühlt, die der Wärme draußen völlig entfremdet gewesen sei und deren Öl-hauch, je höher sie stiegen, das Haus sei von innen unvergleichlich höher gewesen als von außen, mit einem Stich Toilettenwasser versetzt gewesen sei; eine *alte* Wärme sei es gewesen, die ihn an Notzeiten erinnert habe. Endlich habe das Mädchen, wobei sie Schatzi gesagt habe, in einem hellgrünen Winkel eine rosa Tür geöffnet und ihn in eine nun wirklich sehr kräftige Wärme eintreten lassen. Dann habe sie sich, wie auf Befehl, sofort auf einen Stuhl an der Wand gesetzt, eine Zigarette aus der Packung geklopft und angezündet, während er stehengeblieben sei, unsicher, wo er Platz nehmen sollte.

Jetzt hören wir dem Großvater aber atemlos zu.

Es habe in diesem kleinen, künstlich, aber nicht unfreundlich beleuchteten Raum ein Bett gegeben, das die der Tür gegenüberliegende Ecke eingenommen habe und von einem hölzernen Aufbau umlaufen gewesen sei, auf dem sich, wie in einer Schießbude, die Andenken gedrängt hätten. Das Bett selbst habe nicht so ausgesehen, als ob es zum Gebrauch oder auch nur zur Ruhe bestimmt gewesen wäre; es sei durch mehrere schwere Wolldecken gleichsam abgedichtet und durch ein ungeheures Bambi gesichert gewesen.

Ein Bambi? fragen wir.

Ein Reh, sagt der Großvater.

Aha, sagen wir und verstehen kein Wort.

Schon der Gedanke, sagt der Großvater, mit diesem Bett etwas anzustellen, sei von Anstrengung begleitet gewesen. Hinter dem Kopfende habe sich der Umbau zur Tür fortgesetzt, indem er zum Tablar eines etwas höheren Schränkleins geworden sei, auf dem zwei Kopfformen mit flachen Augenmulden aus weißem Kunststoff gestanden und vermutlich zum Anprobieren von Perücken gedient hätten. Über diesem Schränklein habe eine eingerahmte Verordnung gehangen, die an einen Räumungsplan bei Feuerausbruch erinnert habe. Den Abschluß hinter der Tür habe ein Heizungsradiator gemacht. Unmittelbar ans Fußende des Bettes habe ein Tisch mit brauner Fransendecke angeschlossen, auf dem einige bunte Magazine gelegen hätten, eines davon habe »Kurier« geheißen. An der entfernteren Seite des Tisches habe das Mädchen gesessen und heftig geraucht. Dem Mädchen genau gegenüber neben der Tür habe sich ein flaches Gestell befunden, das über und über mit Dosen, Tuben und Flaschen angefüllt gewesen sei. Die größten Spraydosen auf dem obersten Brett hätten sich in einem Spiegel gespiegelt, der aber nicht ihre ganze Buntheit aufgenommen habe; dabei sei er weder getönt noch staubig gewesen. Daneben am verschlossenen Fenster, dem Bett diagonal gegenüber, habe sich eine Liege mit aufgeworfenem Kopfteil befunden, deren Fußende mit weißlichem, offenbar gegen Schuhspuren schützendem Plastic verpackt gewesen sei, dahinter, auf der Mitte der Liege, sei ein länglich gefaltetes Frottiertuch hingebreitet gewesen.

Er hätte, sagte das Mädchen, das Haus sehen sollen, bevor es die gegenwärtige Besitzerin übernommen und in Ordnung gebracht habe. Eine Lotterbude sei es gewesen, schämen habe man sich müssen. Aber das sei vor ihrer Zeit gewesen.

Der Großvater habe genickt und sich immer noch nach einer geeigneten Sitzfläche umgesehen. Es sei deutlich gewesen, daß jedes Niederlassen in diesem Zimmer schon die Einleitung zu Tathandlungen bedeutet habe.

Um dem Mädchen am Tisch wenigstens notdürftig Gesellschaft zu leisten, habe er die Kante des Bettes benützen müssen, wo allerdings für seine Beine unter dem Tisch selbst kein Platz geblieben sei, so daß er sie gerade vor sich, übereinandergeschlagen, in den kleinen Raum hinaus habe strecken müssen. Dann erst habe er das Köfferchen abgestellt. Er habe nun doch mit dem Mädchen an der gleichen Wand gesessen; wenn er sich angelehnt hätte, sagt der Großvater, hätte er allerdings die Andenken auf dem Bettumbau in Unordnung gebracht. Er habe seine Bitte um ein Getränk wiederholt, worauf sie das Wort Schatzi, auch Schatzelein, wiederholt und den Raum wieder sehr schnell verlassen habe. Nach einigen Augenblicken habe sie, die Zigarette mit derselben Hand haltend, ein Glas vor ihn hingestellt und in der halboffenen Tür das Limonadefläschchen, indem sie es beidhändig gegen den Schloßkasten gestemmt und die Augen, unter denen die Zigarette baumelte, zugekniffen habe, geöffnet. Nachdem sie eingeschenkt habe, habe er sich überlegt, ob es geraten sei, aus dem Glas zu trinken, habe es aber später doch getan. Für sich selbst habe sie kein Glas gebracht. Darauf habe er sie, wie zu leise schon auf der Treppe, gebeten, ihn nicht Schatzi zu nennen. Er müsse schon entschuldigen, habe sie gesagt, das laufe so mit in ihrem Beruf. Später habe sie übrigens ergänzt, die Anrede sei ihr selbst anfangs schwer genug gefallen, aber da sie viel verlangt werde, sitze sie bei ihr jetzt ziemlich fest. Der Großvater habe manchmal das Glas an die Lippen geführt, ohne damit dessen eigentlichen Rand zu berühren; dabei sei ihm einiges auf die Hose geflossen.

Ein Blick auf die vielen Kinderbilder auf der Bettumrandung habe ihm Gelegenheit gegeben, sich nach ihren Familienumständen zu erkundigen. Es habe sich gezeigt, daß das kleine Mädchen nicht sie selbst in früheren Jahren, sondern ihre eigene, jetzt fünfjährige Tochter gewesen sei; die Bilder aus verschiedenen Jahren hätten immer das gleiche Kind gezeigt. Auf einem Farbfoto habe er sie aber auch selbst erkannt, an den Kotflügel eines Personenwagens gelehnt und einen Arm gelegt um den Führer desselben, der seinerseits das Lenkrad in beiden Händen gehalten habe. Er sei hellblond gewesen und habe dürftig, aber nett wie auf einer Fotografie gelächelt. Ferner sei noch ein gemeinsamer Bekannter, vom Rand etwas angeschnitten, dabei gewesen.

Um die Bilder zu betrachten, habe er sich wieder erheben müssen, mühelos übrigens, da man auf dem Bett nicht eingesunken sei. Er sei ein wenig im Zimmer herumgegangen, habe gebeten, ihr Alter schätzen zu dürfen, und es habe sich gezeigt, daß er sie drei Jahre zu alt geschätzt habe.

Sie habe aber keine Kränkung zu erkennen gegeben. Nach ihrer Herkunft befragt, habe sie gesagt, daß sie in dieser Stadt geboren und in einer Gegend jenseits der Geleise aufgewachsen sei, und, wieder auf Anfrage, ergänzt, daß sie seit zwei Jahren hier arbeite. Es sei nicht leicht gewesen, einen freien Platz zu erhalten, die Besitzerin sei wählerisch, da sie studiert habe, auch nehme es die Stadt mit der Unbescholtenheit der Kandidatinnen sehr genau. In zwei Jahren hoffe sie, habe sie gesagt, sagt der Großvater, das Geld für einen eigenen Frisiersalon beisammen zu haben. In diesem

Augenblick sei im Haus ein fürchterlicher Schrei zu hören gewesen. Nach einer fragenden Kopfbewegung des immer noch ziellos herumgehenden Großvaters habe das Mädchen erklärt, die Schreiende sei die Älteste im Haus, schon bei 45. Es rapple ihr, und sie könne leider absolut nichts anderes arbeiten. Dabei besitze sie zwei aufwendig eingerichtete Wohnungen mit vielen Apparaten, von denen sie kaum einen bedienen könne, nicht einmal ein Spiegelei braten könne sie sich. Wenn das Telefon bei ihr läute, stelle sie vor lauter Schreck den Fernsehapparat ab und drehe alle Lichter aus, weil sie hoffe, für den Anrufenden dann weniger vorhanden zu sein. Auch nachdem das Telefon verstummt sei, sitze sie zur Sicherheit noch eine ganze Weile im Finstern.

Haha, sagen wir, und der Großvater hält das für Lachen.

Zum Lachen sei das nicht gewesen, und der Großvater habe das Mädchen gefragt, ob es ihrem Frisiersalon gegebenenfalls nicht schade, wenn jedermann in der Stadt wüßte, daß sie hier gearbeitet habe. Er würde es, entgegnete sie, nicht glauben, wie wenige Leute Bescheid wüßten. Außer ihren Eltern und ihrem Freund nur noch ihre Schwester; und die hätten sich alle, wenn auch nicht eben bereitwillig, damit abgefunden. Ob sie viel auswärtige, etwa amerikanische Gäste habe, habe der Großvater gefragt, und zur Antwort bekommen, daß dies nicht der Fall sei, eigentlich nicht. Hier habe er einen Widerspruch zu bemerken geglaubt, aber aus Takt unterlassen, sie darauf hinzuweisen. Die Lektüre der Bordellordnung an der Wand, in der die in diesem

Hause zugelassenen Einzelheiten des Verkehrs festgehalten und die gesundheitspolizeilichen Pflichten der Mädchen sowie ihre Tarife geregelt waren, habe ihn an einen zeitgenössischen Zeichner erinnert, der ein ähnliches Dokument aus einer andern Stadt mit eher heiteren als pikanten Bildern illustriert habe. Um das Gespräch zu vertiefen, wozu er, da ihm ihr nervöses Rauchen in verschränkter Stellung auf dem Stuhl unbehaglich geworden sei, eine Art Verpflichtung gefühlt habe, habe er sie gefragt, ob sie ihm in einer familiären Sache einen kleinen Rat geben könne.

Ist das wirklich wahr, Großvater? lachen wir alle.

Niemals pflegt der Großvater, der ein Herr alter Schule ist, an dieser Stelle zu reagieren, sondern fährt etwa fort: das Mädchen habe ohne jede Reserve geantwortet, daß er mit dieser Bitte an die Falsche geraten sei. Sie habe es selber noch nie gehabt, weder bei ihrem Freund noch bei irgendeiner andern Gelegenheit. Manchmal spiele sie mit dem Gedanken an einen Arztbesuch, aber das koste sie zuviel, außerdem vermisse sie nichts und sehe nicht ein, wozu sie das haben müsse. Sie sei nun einmal ein eigener Mensch. Daß sie ein eigener Mensch sei, habe sie noch an mehreren Stellen dieses Vormittags wiederholt, aber eingeräumt, im Haus gäbe es welche, die es hätten, wenn es sich so gäbe. Die sagten dann: wenn es Spaß macht, warum sollten sie es nicht laufen lassen, aber die seien hier in der Minderzahl. Ob es sie störe, mit ihm einfach eine Weile zu plaudern, habe der Großvater dann gefragt und zur Antwort bekommen, es störe sie durchaus nicht.

Als er sich neben sie gelegt und ihren Perückenkopf

wie ein dürres Gesträuch mit den Armen eingefaßt habe, habe sie ein paarmal über seinen Rücken gestrichen, was ihm vorgekommen sei, als beschrifte jemand ohne hinzusehen ein Brett, mit Fingern, denen das zu kleine Stück Kreide zu entschlüpfen drohte, so daß auch die Nägel etwas mitkratzten.

Moment, sagen wir. Hast du hier nicht etwas ausgelassen? Das sagen wir jedesmal, aber noch nie ist es gelungen, seinen Erinnerungssprung zu verkürzen. Durchaus nicht, sagt er jedesmal, er habe durchaus nichts ausgelassen, sagt er, stopft sich seine Pfeife und errötet im Schein des Streichholzes.

Da gibt es Stellen, die hast du unterschlagen, sagen wir. Großvater, es ist eine Liebesgeschichte.

Er liebe uns ja, sagt der Großvater und zieht wie wild.

Schon recht Großvater, sagen wir streng durch all den Rauch. Bis hierher warst du präzise, nur zu ausführlich, Großvater, aber jetzt kommst du ins Schleudern. Man ist im Bild über die Kakaoreklamen zu deiner Zeit, auch Bahnhöfe kann man sich zur Not vorstellen, und den Kunstrasen haben wir noch selber erlebt. Im Dunkeln tappt man dagegen über weite Gebiete des Privatlebens zu deiner Zeit, und vergiß nicht, du bist eine Quelle.

Der Großvater beginnt zu weinen.

Das nehmen wir dir nicht ab Großvater, sagen wir, deine Erinnerungen in Ehren, aber jetzt steht unsere Neugier auf dem Spiel, die eine wissenschaftliche ist. Es gab damals bei euch diese Kopplungsmanöver, und dabei hast du noch mitgemacht. Heraus damit.

Der Großvater gibt sich Mühe lautlos zu weinen, aber uns schlägt er kein Schnippchen, dieser alte Mensch.

Heute keine Erdnußbutter, morgen keine Rudi Ungewitter-Show, sagen wir, denn wir haben auch unsere Mittel.

Der Großvater trocknet seine Tränen. Damals habe er keine Stelle ausgelassen, sagt er. Er habe diesen Körper zu bewegen, zu *erreichen* versucht, der nur noch mit zwei kleinen Kettchen verschnürt gewesen sei, eins um den Hals, eins um die Hüften, woran ein Medaillon geklingelt habe.

Ein Medaillon, Großvater? fragen wir, denn oft führen unscheinbare Funde zur Entdeckung ganzer Epochen.

Mit einem Kopf drauf, sagt der Großvater, der Kopf eines Kaisers sei auf dem Medaillon zu sehen gewesen.

Ausgeschlossen, sagen wir, so alt kann das Mädchen nicht gewesen sein.

Er habe sie auch gefragt, ob sie katholisch sei, sagt der Großvater, was sie heftig bestritten habe.

Katholisch, nicht katholisch, sagen wir, wo hattest du dein Gesicht, Großvater?

An ihrem Ohr, sagt der Großvater.

Widerspruch! Widerspruch! rufen wir. Wenn du dein Gesicht an ihrem Ohr gehabt hast, hast du das Medaillon nicht sehen können, denn, Großvater, es hing an ihren Hüften, dein sogenannter Kaiser spielte mit ihrem Schamhaar, ja oder nein? Das Schamhaar kennen wir aus dem Wörterbuch.

Er habe das Medaillon *fühlen* können, sagte der Großvater, damals habe man ja noch einen empfindlichen Bauch gehabt. Außerdem habe er in der Zwischenzeit Gelegenheit genug gehabt, es zu betrachten.

In der Zwischenzeit? fragen wir mit gespielter Verwunderung. Sieh an, von der hören wir ja zum ersten Mal. Wo ist denn diese Zwischenzeit hingekommen, Großvater?

Das hätte er sich damals auch gefragt, und das könnten wir nicht mehr verstehen, sagt der Großvater, weil ihr nur noch kleine bunte Klötzchen seid, harte Klötzchen in euren Kinderbetten. So direkt kann der Großvater werden, wenn man ihn in die Enge treibt. Man kann seine Pfeife schnarchen kören.

Du hast das Mädchen also zu bewegen versucht, Großvater, sagen wir großmütig, denn seine Ansicht über uns tut nichts zur Sache. Und dann?

Das Mädchen habe, nimmt der Großvater seinen Faden wieder auf, immerzu gebebt, es sei ein einförmiges unterschwelliges Beben gewesen offenbar nervöser Art, denn es habe sich weder unterdrücken noch steigern lassen. Es habe sich mitgeteilt als ein dem Frösteln verwandtes Ergebnis gespannter Hoffnungslosigkeit oder einer Erwartung, die mit Gewalt irgendwo eingerastet und auch mit Höflichkeit nicht mehr zu lockern gewesen sei.

Und da weint der Großvater schon wieder und nimmt dazu nicht einmal die Pfeife aus dem Mund.

Zut, zut, Großvater, schnalzen wir, immer mit deiner Höflichkeit, das hast du doch nicht nötig.

Das sei es ja gewesen, schluckt der Großvater, er habe es nicht nötig gehabt, es habe für ihn keine

Notwendigkeit gegeben hier zu sein, darum habe er dieses unnatürlich bebende Mädchen nicht erlösen können, er meine: losreißen. Es habe wenigstens einen Frisiersalon vorzuweisen gehabt, und er? Außer ein paar Stück Kunstrasen nichts als den matt gewordenen Wunsch, vor diesem Hause umzukehren. Ein bißchen Hitze über den Geleisen sei doch kein Grund gewesen. Nichts habe ihn beschwert als der Zufall, als er hier eingetreten sei, er habe, mit einem Wort, der Liebe nicht gehabt, und darum habe es für ihn hier nichts zu vögeln gegeben.

Das war ein Wort, rufen wir, wir haben es im Lexikon gefunden, aber jetzt weiter im Text, drauf, Großvater, sagen wir und klatschen rhythmisch in die Hände, um dem Großvater Beine zu machen, wir wollen ihn endlich zappeln sehen, den feinen alten Mann. Aber er schweigt, nickt höchstens ein wenig in unserm Takt, er will ja kein Spielverderber sein. Er wartet nur, bis wir müde werden, wir werden rasch müde, das weiß er. Wir könnten dem Großvater die Erdnußbutter nicht sperren, wenn wir noch wollten, denn er ist es, der sie uns ans Bett bringt, wir haben sonst niemanden. Unterwegs kann er sich die Finger ablecken, wie er will. Das ist das Elend unserer Periode, sie beruht immer noch auf den älteren Leuten. Aber es kommt selten vor, daß Großvater uns das fühlen läßt, er ist noch ein Gentleman. Nur beim Erzählen macht er mit uns, was er will.

Stellen gebe es bei ihm nicht, sagt er. Wenn wir Stellen wollten, so sollten wir sie in unseren alten schmutzigen Büchern nachschlagen.

Erstens sind es deine Bücher Großvater, sagen wir,

zweitens schließt du sie weg, wo du kannst, und drittens stehen dort die Stellen nur so im allgemeinen, und Liebe ist damals was Besonderes gewesen. Sagst du selbst Großvater, sagen wir.

Sie sei nichts Besonderes gewesen, sagt der Großvater, da habe alles Zureden nichts geholfen. Das Mädchen habe mit immer derselben störrischen Geistesgegenwart geantwortet und dazu ihre Augen fest auf die Zimmerdecke geheftet gehabt. Einmal habe er sie angefaßt und ihr Gewicht zu schätzen versucht, wieder zu hoch, und wieder habe sie das nicht übelgenommen, nicht einmal übelgenommen habe sie, Fett wiege eben leicht, habe sie gesagt. Dann sei sie, als habe er irgendwo einen Groschen eingeworfen, plötzlich ins Wackeln gekommen –

Siehst du, Großvater! triumphieren wir; warm, Großvater, nicht nachlassen, Großvater –

– aber dann habe er ihr augenblicklich die Hand weggeschlagen, und nie haben wir erfahren, wo sie damals ihre Hand gehabt hat. Dann habe sie die Arme hinter dem Kopf verschränkt zum Beweis, daß sie ihm keine *Falle* habe stellen wollen, das war wieder eine unklare Wendung im Bericht des Großvaters. Seine Empfindlichkeit habe ihn leider gehindert, diese kleine moralische Schönheit zu würdigen. Statt dessen habe er ihr Ohr gesucht, um da hineinzusprechen, erst mit den Lippen, dann mit den Zähnen. Er habe einfach *spielen* wollen, brach es aus dem Großvater hervor.

Dafür hast du jetzt uns, sagen wir schadenfroh, uns kleine bunte harte Klötzchen.

Das sei wahr, sagt der Großvater traurig.

Wir sind Forscher und keine Unmenschen, deshalb fragen wir: was wolltest du dem Mädchen denn ins Ohr sagen?

Nichts, sagt der Großvater und wird wieder rot. Etwas Freundliches über ihre kleine Tochter vielleicht, über das Wetter in Njesa. Aber von ihm habe sie sich nicht rühren lassen. Dann, wie gesagt, habe er ihr Ohr mit den Zähnen gepackt.

Und dann? fragen wir, denn das ist jedesmal eine schöne Stelle.

****, ****, ****, ****! ****, ****, ****! ****, ****! ****!! schreit der Großvater völlig haltlos, aber so leicht lassen wir uns nicht abspeisen.

Steht alles in unserem Wörterbuch, sagen wir, wir wollen wissen, wie es *wirklich* war.

Wirklich, wirklich, mault der Großvater, damals sei die Wirklichkeit schon etwas ins Schwimmen geraten, man habe es daran gemerkt, daß Kinder wie wir zur Welt gekommen seien und sich sprunghaft vermehrt hätten, sauerstoffarme Geschöpfe. Früher habe es noch riesige Aufgebote von Liebe gegeben, sagt er, ganze Jugenden seien darüber hingeschmolzen. Ein anständiger Mensch habe sich noch geweigert zu glauben, daß die menschliche Krankheit aus einem Punkt zu kurieren sei. Aber schon in Großvaters frühen Mannesjahren seien gewisse Spielarten von Gefühlen verloren gegangen, deren Notwendigkeit man erst hinterher empfunden habe, aber dann habe man naturgemäß aufgehört, sie zu empfinden.

Spurenelemente, nicken wir.

Man habe nur noch aus einem dumpfen Mangel heraus

gehandelt, zum Beispiel ein Bordell aufgesucht, von denen es nur noch wenige gegeben habe, Erinnerungsstücke sozusagen, an Zeiten, wo die Liebe noch etwas Besonderes gewesen sei. Aber er langweile uns bestimmt, sagt der Großvater bei dieser Stelle, die er manchmal stärker, manchmal weniger stark formuliert.

Das macht nichts, Großvater, sagen wir. Fasse dich. Was hast du nun mit dem Ohr des Mädchens angefangen?

Er habe es ihr zurückgegeben, sagt der Großvater und kommt allmählich wieder ins Erzählen hinein, wir lassen ihn, es ist doch nichts zu erfahren. Zunächst habe es sich ja so angefühlt, als lasse sich aus diesem Ohr ein Lebenszeichen herausziehen, sogar geflüstert habe sie jetzt: nein, bitte nein, und nochmals Nein, verdammt. Das habe einen echten Klang gehabt, aber nur, weil er ihr jetzt *wirklich* lästig gewesen sei, das habe sie durch ein gehässiges Hin- und Herwerfen ihres Kopfes bezeugt. Als ob das Ohr mit dem Roßhaar rundum ein reines Vergnügen gewesen wäre. Er aber, immerhin glücklich über den Anfang einer Bewegung, ohne wissen zu wollen, wohin sie führte, ob es überhaupt eine Bewegung war und nicht vielmehr der Kampf gegen eine solche, ein längst zur Routine erstarrter Kampf vermutlich, denn was habe sie von ihm zu erhoffen gehabt, da er ja aus Zufall hierher geraten sei und sie sich wohl überhaupt das Unverständnis von Hoffnungen zur Lebensregel gemacht habe – wo er geblieben sei?

Du aber, sagten wir. Er weiß die Wörter, aber wir verstehen uns auf Grammatik.

Er aber habe sich, richtig, an diesem Fleisch, das in seiner Hoffnungslosigkeit ertaubt war, ein paar Augenblicke so festgehalten, als gäbe es hier noch Leben zu zeugen, oder die Versäumnis eines solchen einzuholen.

Orgasmus? fragen wir an dieser Stelle.

Warum nicht, sagt der Großvater und wird nicht mehr rot. Das hätte damals schon nichts mehr zu bedeuten gehabt.

Erzähl zu Ende, Großvater, sagen wir. Wir kennen ihn doch, der Mann gibt nichts mehr her.

Ihr Körper habe sich unter ihm, aber von ihm weg, obwohl er darauf gelegen habe, der Eindruck also sicher täuschte, zu einer unnachgiebigen Kugel geschlossen, die ihm nirgends Halt gegeben, oder auch nur nachgegeben habe; so daß er, um nicht abzurutschen, sich immerfort auf seine eigenen Arme habe stützen müssen. In dieser Lage, nur sehr stark vorgeneigt, habe er ihr Ohr mit einem Laut zu erfüllen gesucht, der sanft genug gewesen wäre, um nicht gleich herausgeschüttelt zu werden. Aber sie habe auch ihr Ohr in die Kugel hineingedrückt, die ihr Fleisch gegen ihn gebildet habe. Da habe er denn fahren lassen und den Rest in ihre Brüste hineingeschrien; diese Brüste seien von einer erschöpften Spitzigkeit gewesen, die ihn an zu Hause erinnert habe, an etwas von seiner Mutter Gestricktes; der Oberkörper des Mädchens habe mit diesen Brüsten eigentümlich, wenn auch armselig, *bekleidet* gewirkt; als ob hier etwas zu schonen gewesen sei. Als er sich schließlich höher aufgestützt habe, um ihr Gelegenheit zu geben, aus ihrer Kugelform herauszukriechen, eine ganz unmißverständliche

Gelegenheit, habe sie einen Seufzer der Erleichterung ausgestoßen und, ohne ihm einen Blick zu geben, wiederholt, er solle sich die Mühe sparen, so sei es nun, sie sei nun einmal ein eigener Mensch. Schatzi, habe sie nach einer Pause beigefügt. Und: Entschuldigung.

Dann hätten sie sich augenblicklich erhoben, wobei es endlich zu keiner unnötigen Bewegung mehr gekommen sei.

Von der Liege?

Von der Liege.

Wie schade, sagen wir. Eigentlich lieben wir solche Geschichten gar nicht, als Geschichten; und als Forschungsberichte bleiben sie zu dünn.

Während er sich langsam angekleidet habe, habe der Großvater zugesehen, wie sie sich den Schoß erst einsprühte, dann mit einem rassigen Nachfeilen des Handtuches abtrocknete. Das Häusliche dieser Verrichtungen habe ihm eingegeben, ihr nochmals, seinen Hemdärmel durchstoßend, mit noch ungeknöpfter Brust über das steife, wie verglaste Haar zu streichen, worauf sie Schatzi gesagt und sich nicht mehr entschuldigt habe. Während er auf die Uhr geblickt habe, fast sei es schon Mittag gewesen, habe er sich noch erkundigt, ob sie jeden Gast bedienen müsse. Grundsätzlich jeden, habe sie geantwortet, außer wenn er schmutzig oder betrunken sei, aber Türken und Italiener erhielten grundsätzlich keine Erlaubnis, sich ganz zu entkleiden. Er habe die Brieftasche geöffnet und sich nach seiner Schuldigkeit erkundigt, zweihundertfünfzig seien es gewesen, die sie in einer kleinen Kassette auf ihrem Bettumbau verstaut habe; diese Kassette habe sie übrigens während ihrer zweimaligen Abwesenheit offen stehen lassen. Dann habe er den Griff seines Koffers in die Hand genommen, er sei wieder leicht gewesen.

Sie habe ihn, sagt der Großvater, trotz seiner Gegenvorstellungen, all die Treppen wieder hinunter zum Ausgang begleitet; das gehöre, habe sie erklärt, zu den Usancen dieses Hauses. Zum letzten Mal habe er, als er sie vorausgehen ließ, die undeutliche Festigkeit ihres Fleisches vor Augen gehabt, das die Höschen und der Büstenhalter mit ihren straffen Rändern angeschnitten hätten. Die Besitzerin habe sich nicht mehr gezeigt, zum Zeichen offenbar, daß an seinem Wiederkommen niemandem gelegen war.

Da hast du dich gewiß getäuscht, Großvater, sagen wir, aber er will keinen Trost.

Er sei hineingegangen, weil er zwanzig Jahre früher, als Jüngling, mit dem Gedanken gespielt habe, hineinzugehen; als bald Vierzigjähriger habe er sich endlich darüber beruhigen können, daß er damals nicht hineingegangen sei. Unter der Tür habe er sich überlegt, ob er sich von dem Mädchen mit einer Verbeugung verabschieden solle, und dann habe er es auch getan.

Und in diesem Augenblick habe es zwölf Uhr geschlagen. Zwölf Uhr mittags.

Hu, sagen wir und schreien vor Schreck.

So also war es damals in den Bordellen, sagen wir.

Nein, sagt der Großvater, so war es bei mir, und das wird an mir gelegen haben.

Und der Kunstrasen, Großvater, fragen wir. Und Njesa? Der Turnsportverein?

Der Großvater schweigt. Wenn er seine Geschichte fertig erzählt hat, seiner Ansicht nach, will er von seinem Kunstrasen nichts mehr wissen, den rollt er nur für die ersten Spielzüge aus. Was war dieser ewige Rasen, auf dem der 1. FC Njesa siegte oder verlor, neben diesem 0:0 im Haus mit der Kakaoreklame, in Geleisenähe und nahe der Mittagszeit. Lange her war das gewesen, nichts war es gewesen oder so gut wie nichts, aber etwas für sich.

Wir mögen unsern Großvater. Er wird noch rot, er ist nicht aus unserer Zeit. Aber er erzählt noch, er ist noch ein Erzähler.

Der Wiedergutmacher

Es gibt im Deutschen nicht viele Wörter mit einem doppelten »d«. Armin Bleuler aber, 52 und ein unauffälliger Mann, wurde kürzlich von einem hiesigen Gericht der Leichenfledderei angeklagt. Er war voll geständig. Der Prozeß wäre noch kürzer gewesen, wenn das Gericht nicht geschwankt hätte, ob es auf Diebstahl oder auf Veruntreuung erkennen sollte. Schon daraus erhellt, daß es sich bei der Leichenfledderei um ein ungebräuchlich gewordenes, hochspezialisiertes Delikt handelt – die Zeiten für üppige Grabbeigaben sind vorbei, ja die Zeit der Gräber neigt sich ihrem Ende zu –; allenfalls kommt ein Funktionär dafür in Frage, ein Beamter des Krematoriums vielleicht, der die Bereitschaft der Toten für ihren letzten, nun ja: Gang zu überprüfen hat; und man darf doch hoffen, daß gerade diese Leute sorgfältig ausgesucht sind. Nun, Armin Bleuler, unauffällig, kahl bis auf einen rötlichen Schnurrbart, der auf seinem glatten Kopf kaum zu haften schien und wie ein kleines Wunder wirkte – Armin war eben ein solcher Beamter und Vertrauensmann, und man muß sich fragen, ob es klug von ihm war, ein Delikt zu begehen, das kein anderer begangen haben konnte, und wegen 219 Franken 50 Rappen schuldig zu werden, denn darauf belief sich der Deliktbetrag.

Moralisch und rechnerisch ist das natürlich keine Frage. Und doch muß daran erinnert werden, daß Leichenfledderei, trotz des unsympathischen Klangs, nur ein

Wort ist. Es sitzt schlecht auf lebendigem Fleisch, wie fast alle Wörter; es verbirgt ein Problem, das durch Sprache – auch durch den gnädigen Spruch eines Gerichts, vier Monate auf Bewährung – abschließend nicht zu regeln ist. Ein gewissenhafter Beamter wie Armin tut nichts Sinnloses; es kann aber geschehen, daß ein in sich stimmiges System von Handlungen sich zur Bedrohung des größeren Systems auswächst, von dem es sich genährt hat; dann wird ein eifriges Organ zum Krebsübel und ein ehrlicher Täter über Nacht zum Kriminellen, sogar zum Opfer seiner Tat. Das ist wirklich eine Systemfrage. Aber mit dem Begriff der doppelten Moral soll hier nicht operiert werden, auch von Sozialkritik sind wir weit entfernt. Armin hätte weder das eine noch das andere zugegeben. Daß er wie der Ochs am Hag vor seiner eigenen Tat steht, malerisch sozusagen, nimmt, was ihn betrifft, von ihrer Strafwürdigkeit nichts weg. Kein Mensch in der Stadt kennt, wo es um die Moral geht, weniger Spaß als er, und von Sozialkritik weiß er nicht nur nichts, er will auch nichts davon wissen. Er bekennt sich zu seiner Schuld, er schließt mit eigentümlichem Nachdruck auch seine Ehefrau darin ein – richtig, sie wurde, wegen Hehlerei, zu drei Wochen verurteilt, ebenfalls bedingt; er hatte danach keinen Ehrgeiz mehr, als ein Armer zu sein.

Das Gericht ließ ihn denn auch als Opfer gelten, zumal es, streng genommen, keine anderen Opfer gab. Armin hatte die Toten zwar gefleddert, ihnen aber – dafür waren sie schließlich tot – im Grunde nichts wegnehmen können, so wenig wie den Angehörigen, die auf das entfremdete Gut bereits schriftlich verzichtet hatten. Allerdings hatten sie es dazu bestimmt, mit den lieben Abgeschiedenen zusammen vom Feuer verzehrt zu werden; insofern hatte Armin letzten Wünschen und damit der Pietät zuwidergehandelt. Die Gerechtigkeit mußte ihren Lauf nehmen, so gut sies verstand, und Armin trug das wie ein Mann. Zumal er jemand hatte, dem ers nachtragen konnte, so schwarz und schweigsam, wie Männer hierzulande ein Schicksal nachtragen.

Armin war das erste von sieben Kindern – ist es heute noch, um genau zu sein, denn seine Eltern und die Geschwister, bis auf zwei, leben noch, sie haben es noch erleben müssen. Der Vater war Gießer, in den Krisen der Zwanziger und frühen Dreißiger Jahre mehrfach brotlos, mehrfach in Versuchung, den Unternehmern, denen die Krise nicht so viel auszumachen schien, seine Arbeitskraft vor die Füße zu werfen, wenn er nur außerdem etwas besessen hätte. Aber er mußte erfahren, daß er als Person – auch von dieser blieben in schwarzen Tagen nur starke Worte übrig, die ihm seine Frau verwies – ganz und gar an dieser Arbeitskraft hing. Man konnte ihn einfach dadurch erledigen, daß man sie ihm nicht abnahm. Sich verkaufen zu müssen und unverkäuflich zu sein, ist eine Lektion, von der nur starke Charaktere etwas profitieren, die aber auch auf den Stolz der schwachen drückt.

Da es für diesen Stolz jahrelang kein anderes Betätigungsfeld gab als das Ehebett, darf man sich nicht wundern, wenn Gott eine solche Verbindung segnet. Das war wenigstens die Überzeugung der Ehefrau. Sie hielt ihren Mann nach Kräften aufrecht, auch wenn der Segen den sein verletzter Stolz in diesem Zustand anrichtete, erdrückend wurde. Sie rettete ihn vor Verzweiflung, indem sie seiner Verzweiflung eine andere Richtung und von Geburt zu Geburt einen höheren Sinn gab. Gott nahm ja auch das eine oder andere wieder zu sich, bevor es sich gegen ihn versündigen konnte, und Armin, ein anstelliger Junge, war seit seinem sechsten Jahr zum Wickeln und Belehren der andern zu gebrauchen.

Lange war Vater Bleuler in Gefahr, im Schnaps unterzugehen, verfehlte dafür, wenn er nüchtern war, selten, seinen Kindern vorzuwerfen, daß sie »Rauschkinder« seien. Dann aber erlaubten ihm die Verhältnisse wieder, ein brauchbarer Arbeiter zu sein, sie erlaubten es über Erwarten, als die Wirtschaft, von den Wünschen der Generäle getrieben und den Gebeten der Mütter begleitet, Treue und Tüchtigkeit wieder mit harter Währung vergalt. Vater Bleuler goß wieder, daß es rauchte, wurde seine Arbeitskraft los und damit jeden Hang zu Alkohol, Beischlaf oder Rebellion. Er sorgte dafür, daß die Lehren, die er aus seinem Leben gezogen hatte, den Kindern anschlugen, und half gerne mit eigener Hand nach; er züchtigte sein Fleisch, wo er es fand, und bog es gerade an Leib und Seele. Die Kinder lernten bald, und der Älteste zuerst, daß es nur einen Weg gibt, dem Gröbsten zu entrinnen, den Weg nach Oben – die Mutter hatte das immer gesagt und etwas Frommes gemeint, aber auch das Finanzielle ließ sie gelten. Daß soviel Schule des Lebens Armin auch geschädigt haben könnte, versuchte der

Verteidiger dem Gericht vorsichtig beizubringen; vorsichtig darum, weil an der Lebensschule als solcher, die dem Gericht teuer blieb, nicht gerüttelt werden durfte. Er verwendete daher Bauern- oder Klassikersprüche, deren Weisheit unbedenklich ist, etwa: Allzu scharf macht schartig, oder: Allzu straff gespannt zerspringt der Bogen.

Man könnte über Armins Triebkräfte vieles sagen und hätte doch nichts gesagt, was nicht besser in modernen Lehrbüchern steht, auch wenn es dort den wahrhaft Bedürftigen kaum je erreichbar ist. Kurz gefaßt dürfte Armins Lebensplan gelautet haben: Nur kein Arbeiter. Er begann als Gärtnerlehrling; dann fand er eine Stelle bei der Stadt, die ihn zuerst zur Pflege öffentlicher Anlagen, später bei der sogenannten Landesausstellung und nach Kriegsausbruch im Friedhofsdienst verwendete. Noch als Angestellter spähte er nach jeder Lücke, die sich bei der eigentlichen Krematoriumsmannschaft auftat, und im April 1943 war es so weit: der Verwalter des Zentralfriedhofs lud ihn zum Übertritt in die Beamtenklasse ein, und Armin durfte seinem Vorgänger, der am Verbrennungsofen tätig gewesen war, eigenhändig den letzten Dienst leisten. Ja, er sah das Verglühen des Platzräumers, seines Wohltäters, mit eigenen Augen durch das Kontrollglas, und das Gericht hätte sich einen Augenblick überlegen können, was dabei durch seine Seele ging. Schuldgefühle? Schadenfreude? Pietät? Von allem etwas? Armin hatte selbst einen strengen Vater gehabt, hier brannte ihm eine Vaterfigur zur Asche nieder, und er wurde sogar fürs Zuschauen bezahlt; so etwas bringt die Seele zum

Schwitzen, und Armin half sich davor mit einer Mischung aus Respekt und Schnödigkeit, ohne die sein Delikt nicht verständlich wäre.

Der Respekt gehört voran:

Hier ist Armin an einem Berufsmorgen aus seinen besten Tagen. An solchen pflegen zehn, oft ein Dutzend Leichen anzufallen, unbekannte Gesichter alle. Aber Armin behandelt sie nicht als solche. Wie ein guter Wirt geht er jedem ein paar Schritt vor die Tür entgegen – es ist ein Diensteingang, die nur noch in Andeutungen byzantinisch erhöhte Nebenpforte des Krematoriums – und nimmt dazu die Hände aus den Taschen. Richtig, da kommt einer, Armin hat ein Gefühl dafür. Der Leichenwagen biegt eben weit vorn in die Zypressenallee ein. Schon der Leichenwagen! Armin kann auch nach vielen Dienstjahren ein Stirnrunzeln nicht unterdrücken. Das ist ja weder Fisch noch Vogel, dieser schwarze Lieferwagen, eine Konstruktion schlechten Gewissens ist das; seine funktionelle Kastenform verhöhnt die Pietät, die ihm, in Gestalt gekreuzter Palmwedel, auf die Hintertür klischiert ist (bei älteren Modellen: ins gestreifte Milchglas gekerbt). Keine Troddeln mehr, keine Rappen mit schwerem Schritt, kein offen getragener Blumenschmuck und keine entblößten Häupter. Armin versucht seinem Gesicht aus Respekt vor dem Tod so wenig Leben wie möglich zu geben. Ein Totenwagen, der sich im Verkehr wie ein gewöhnliches Auto benimmt! Bis auf die ewig brennenden Scheinwerfer: hier gilt anderes Recht! soll das heißen und ist doch eine rein dekorative Geste, der sich keine Verkehrsampel beugt. Daher das unanständige Tempo, mit dem

der Wagen jetzt die Zypressenallee hinter sich legt, als
wär das eine Versuchsstrecke und als müßte der Fahrer
ausgerechnet im Friedhof wieder einbringen, was er
auf der Straße versäumt hat. Auch ist, wie an allen
Freitagen, der schwarze Lack, wie Armin von weitem
feststellt, mit einer Staubschicht bedeckt, denn er wird
nur einmal wöchentlich gewaschen, gewöhnlich sams-
tags. Das ist Armin nicht genug; gleich wird er mit
vorwurfsvollem Finger über den Kotflügel wischen,
der hart vor ihm zum Stehen kommt, und nicht auf die
Sprüche des Fahrers und seines Gehilfen achten, die
aussteigen und den hintern Schlag aufreißen, als bräch-
ten sie irgendein Stückgut. Und genau so wird der Sarg
aus seiner Halterung gerissen, an Armin vorbei durch
die Tür geschleppt und dahinter hörbar abgesetzt; in
diesem Augenblick schließt Armin die Augen und
wünscht sich, auf dem Lande zu sterben.

Armin weiß noch um die Würde des Todes, und »wissen um« ist mehr als wissen, es ist eine Form des Lei-
dens. Darum leidet Armin unter dem Quantum, mit
dem ihm seine Beamtenpflicht fertigzuwerden gebie-
tet; darum tut er mehr als seine Pflicht und setzt dem
Quantum eine kleine symbolische Grenze. Er stattet
das Leichenmagazin mit Blumen und älteren Farb-
drucken (»Antonius predigt den Fischen«) zu einem
echten Aufenthaltsraum aus, nach dem Vorbild der
amerikanischen Funeral Homes, über die er sich Literatur besorgt hat. Bei solcher Liebesmüh kommt ihm
freilich der große Anfall an Totengut wieder zustat-
ten, indem für unbemittelte Tote von besseren Krema-
tionen her immer ein Blumenüberschuß zur Verfügung

steht. Der Chauffeur und sein Helfer achten nicht auf solche Dinge, wenn sie den Sarg mehr abwerfen als hinstellen, aber die Leidtragenden wissen es zu schätzen, wenn sie bei Armin zur Besprechung allerletzter Dinge vorsprechen, auch zu einem letzten langen Blick auf den Heimgegangenen. Armin läßt dann die Tür zu seinem Büro – er hat ein eigenes Büro, anstoßend an den »Aufenthaltsraum« – nur angelehnt. Er weiß, daß der Leidtragende in diesem Augenblick allein sein will, aber nicht völlig allein. Das Papiergeräusch im Nebenraum hält, ohne zu stören, die Verbindung zum Reich der Lebendigen aufrecht. Diese Papiere aber sind nötig, um, wenn der Angehörige sich tränensatt gesehen hat, noch einige Formalitäten zu erledigen, für die Armin als Beamter zuständig ist. Etwa: ist es der Wille der Leidtragenden, daß der/die liebe Dahingegangene auch den Ehering/den persönlichen Schmuck mitnehme, den Armin auf ihm/ihr festgestellt hat? Wenn ja, wäre es dem Hinterbliebenen gefällig, dies durch seine Unterschrift zu bezeugen? Wenn nein – es gibt ja gute, auch gefühlsmäßige Gründe, ein kostbares Andenken vor dem Feuer zu bewahren – würde er auch dies aktenkundig machen, aber auf dem gelben Formular? Armin würde dann nochmals den Andachtsraum betreten und die gewünschten Dinge behändigen. Dabei nimmt er, ohne daß der oder die rechtmäßig Hinterbliebene dies zu bemerken braucht, ein Stück Seife mit: Eheringe sind nicht immer leicht zu entfernen. Niemals ist es vorgekommen – dies zu den Gerichtsakten –, daß Armin das Vorhandensein eines Wertstückes auf der Leiche unterschlagen hätte. Wer sich als

Erbe ausgewiesen hatte, wurde bedient. Wenn aber auch die Seife nichts half, das gibt es, gebrauchte Armin keine Gewalt. Er ging dann in sein Büro zurück und sagte wörtlich – Zeugenaussagen haben diesen schönen Satz erhärtet –: der oder die Heimgegangene wolle den Ring nicht hergeben, sondern die Treue halten durchs Feuer und übers Grab hinaus. Bei Unverständnis des Hinterbliebenen neigte Armin seinerseits bedauernd das Haupt. Vor allem aber – und dieser Fall allein beschäftigte das Gericht –: auch wenn der Ring wegbedungen war, aber allzufest im Fleisch saß, ging Armin niemals hin und gönnte sich selbst, was er dem Leidtragenden verweigerte. Er honorierte Treue unter allen Umständen und sagte: so ein Ring ist niemals bei Bedarf ins Westentäschchen gewandert. Er soll ihm/er soll ihr bleiben.

Daß man auch mit dem Ring am Finger treulos sein kann, wollte Armin nicht wissen. So weit ging seine Unschuld.

Genug vom Respekt. Und die Schnödigkeit? Für das geübtere Auge mag sie schon in der Bitterkeit lauern, mit der Armin für die eheliche Treue ihm gänzlich fremder Leichen demonstrierte. Zuvor muß noch angedeutet werden, daß er den Respekt noch viel weiter trieb – für den Geschmack mancher Laien, auch des Gerichts, einen Schritt zu weit. Leider bekam kein Psychiater Gelegenheit, sich dazu zu äußern, daß Armin, das Auge am feuerfesten Glas, der Verklärung seiner Toten öfter als nötig beiwohnte – so oft, als es ihm der rege Betrieb erlaubte, den er durch seine weit getriebene Pietät ab und zu ins Stocken brachte. Es ist

übrigens unwahr, daß der Sarg sich unter Hitzeein-
wirkung regelmäßig mit einem Knall öffnet und der
Tote, vom Haar buchstäblich umlodert, sich ein letztes
Mal darin aufrichtet; das geschieht in einem Dutzend
Fällen höchstens einmal, und Armin wartete nicht
extra darauf. Aber irgend etwas Unentbehrliches muß
ihn wohl angeflogen haben, wenn er in dieses röhrende
und pfeifende Inferno starrte – besonders vom Pfeifen
macht sich der Laie nicht leicht einen Begriff! –, sonst
hätte er kaum so sehr an dieser Kontrollpflicht gehangen und jedesmal tief aufgeatmet, wenn das fremde
Menschenbild, treu oder untreu, in Glut und Asche zu-
sammengesunken war und das Feuer sozusagen im
Leeren röhrte. Da mußte etwas abgedankt, erledigt
und zu Ende gepfiffen werden, alle Arbeitstage wieder,
aber da der Psychiater dazu keine Stellung genommen
hat, kann man nur ahnen, was.

Ahnen kann man und betritt dabei ein nicht weniger
heikles Gebiet. Dabei hoffte der schwerhändig erzo-
gene Armin endlich auf Boden unter den Füßen, als
er sich, das war im Herbst 42, nach Hitlers Einfall in
die Sowjetunion, mit einem braven Mädchen verlobte.
Hier ist ein Wort zu der nachmaligen Hehlerin, Frau
Sabine Bleuler, fällig. Armin hatte sie als geborene
Oggenfuß in einem reichen Haus des Westens kennen-
gelernt, wo er, um seinen damaligen Totengräberlohn
aufzupolieren, nach Feierabend den Garten besorgte.
Der Garten war schon fast ein Park zu nennen und
beherbergte Rosenbosketts, einen Felsengarten und sogar – angebaut an einen Pavillon aus dem 18. Jahr-
hundert – eine kleine Orangerie. Da die Reserven an

Arbeitskraft so gut wie ausgetrocknet waren, sah man den kräftigen und ernsten Junggärtner gern und hielt ihn so familiär, wie es der Abstand der Lebensart zuließ, den Armin durch Körpereinsatz, die Höflichkeit der Unbemittelten, zu verkürzen sich bemühte. Sein Umgang mit dem Dienstmädchen Sabine, das im Krieg zum Kinderfräulein erhoben wurde, begegnete der größten Duldung, die Armin keineswegs mißbrauchte. Er hätte ja gar nicht gewußt, wie! Kleine Schwestern wickeln und kommandieren, das ja. Aber wenn man selbst dazu angehalten wird, nichts Böses zu denken, so denkt man sich, da mans nicht hindern kann, das Falsche, schwüle Dinge, die man mit dem sicheren Betragen erwachsener Frauenspersonen, dem Dahinschweben ihrer eng geschnürten Hinterteile, unmöglich vereinbaren kann, weil mans nicht darf, da hilft alles Kommandieren nicht mehr und auf die Dauer nicht einmal die Selbstbefleckung. Armin war denn auch so befangen, daß sich selbst eine so einfache Verlobte wie Sabine vor ihm sicher fühlte, sicher und ein wenig geniert, denn männliche Unschuld ist bekanntlich ein explosives, ein unzuverlässiges Material. So plagte sich Armin mit dem Kreuz der ersten Liebe, welche die abscheulichste Form von Vereinsamung ist, die einem streng erzogenen Menschen zustoßen kann, getraut er sich doch nie, dem andern die Wünsche zu unterstellen, die er bei sich selber nährt und über denen der väterliche Schmutz- und Schuldspruch zentnerschwer hängt: die Drohung der Sünde, die Leben gab, aber vom Leben im vollen Sinn nichts wissen darf (ökonomische Gründe) und deshalb nichts wissen will (moralische Gründe). Armin tat mit Sabine nichts, wessen er sich zu schämen brauchte, aber auch nichts, wessen er sich nicht geschämt hätte. Er hatte eine unruhige Nacht um die andere, da half alles Gärtnern nicht, drei Stunden und an langen Sommerabenden noch mehr. Nun, er gewöhnte sich daran, seine Unschuld, und die Verlegenheit, die sie ihm und Sabine bereitete, als Unterpfand des Aufstiegs zu betrachten, des höheren Lebens, das ihm vorschwebte und das sich im Stil des Herrenhauses ahnungsvoll verkörperte. Armin bezog für seine Rosenpflege, Dornen inbegriffen, zweihundert Franken extra im Monat; das war damals eine Summe, die einen Arbeiter ehrte, ihn seinem Arbeitgeber nicht nur menschlich, sondern schon fast kulturell verband.

Trotzdem wunderte sich Armin, als er an einem Monatsletzten im Frühjahr 1943 ins Büro des Herrn gebeten wurde – ein großer Mann im Baugewerbe, sein Name tut nichts zur Sache. Auf dem ganzen Weg fragte er sich, was wohl ruchbar geworden sei, wer ihn verleumdet oder gar die Wahrheit ausgebracht habe, so weit sie seine erdrückend gewordene Phantasie betraf; denn ohne schlechtes Gewissen konnte Armin nicht mehr sein. Mit zittrigem Gewissen also trat Armin vor den Bauherrn und hatte nicht Muße zu bemerken, daß dessen diplomatische Gesten heute ebenfalls etwas eckiger ausfielen als sonst. Aus den Augenwinkeln betrachtete er das Herrenzimmer, wo er noch nie gewesen war, die Bücherborde voll Jahresberichte und Klassiker; selbst die Abendsonne hatte hier einen feineren Schein als im Garten. Für die Stille im Haus gab es auch gewöhnliche Gründe, denn der Herr hatte Frau und Kinder in die Berge geschickt, an den Thunersee, wo er ein Chalet besaß, die Luft besser und die Schlagsahne markenfrei war; er ersparte sich einen großen Umzug, wenn die Deutschen einfielen, war auch jederzeit bereit, in diesem Notfall sofort zu seinen Lieben zu stoßen. Der Chauffeur hielt denn auch das Cabriolet täglich fahrbereit und war zu diesem Zweck, der Herr wußte wie, sogar vom Militärdienst freigestellt, wie übrigens auch Armin selbst, der als Totengräber ein kriegswichtiges Amt versah und im übrigen eine gelbe Armbinde besaß, die ihn zur Evakuation zweier Häuserblocks ermächtigte. Der Herr seinerseits war Oberst; er hatte seinem Baugewerbe irgendeinen militärischen Anstrich zu geben gewußt und fuhr an einigen Wochentagen seine Uniform spazieren. Manche freilich müssen drunten sterben, hatte es im Lesebuch der letzten Sekundarklasse geheißen, die Armin hatte besuchen dürfen, andern sind die Stühle gerichtet, bei den Sibyllen, den Königinnen; und dann war, soviel Armin noch auswendig wußte, von leichten Händen die Rede. Ein schönes Gedicht, das eine ganze Weltordnung enthielt; das ferne Chalet in Sigriswil war so ein Sibyllensitz, auch wenn die Frau Oberst Cordelia hieß. Wörtlich war das nicht zu nehmen, sondern im höheren Sinn, aber nachzufühlen war es, Armin leistete Schwerarbeit beim Nachfühlen, und der Garten des Herrn fuhr prächtig dabei.

Der Herr dankte ihm dafür. Und doch war dies, wie Armin trotz seiner frohen Scham immer deutlicher

wurde, nicht der Hauptgrund, weswegen er zum Herrn
bestellt war. Nach einer Viertelstunde echten Gesprächs kam der Herr, auf seine Fingernägel blickend,
zur Sache. Ein Mißgeschick, sagte er achselzuckend,
wachse im Haus, das leicht zum Ärgernis werden
konnte und das für den Frieden, auch für den häus-
lichen Frieden, unbrauchbar war. Es wuchs, näher besehen, im Leib der Sabine, und darum bitte er, Herr,
seinen Gärtner von Mann zu Mann um Rat. Armin
entgegnete entgeistert, solches sei ausgeschlossen, da er
Sabine nicht berührt habe, nur allenfalls geknutscht,
wie es zwischen Brautleuten manchmal vorkomme,
aber auch dieses mit Maß und Ziel. Das Übrige habe
er sich bemüht in den Boden zu stampfen. Worauf der
Herr, fein lächelnd, entgegnete, daß er persönlich dies
wohl glaube, der Glaube an soviel Zurückhaltung
sonst aber eher im Schwinden begriffen sei. Ob Armin
dem Gerücht, das sich so oder so, ohne bei Leuten von
Welt ehrenrührig zu sein, verbreiten würde, nicht
durch eine beschleunigte Heirat zuvorkommen wolle?
Es solle Armins Schade nicht sein. Er, Herr, ver-
pflichte sich, dem zu erwartenden Kind ein Taufgeld
in der Höhe von Fr. 10 000 auf den Lebensweg mit-
zugeben, über das die Eltern natürlich zu ihrem eigenen Wohl, das vom Wohl des Kindes nicht zu trennen
sei, verfügen könnten. Ferne aber sei es von ihm,
Herrn, Armin zu einem Schritt zu drängen, den er
nicht aus Überzeugung tun könne. Die Bitte um Be-
denkzeit, die er in Armins Augen lese, sei im voraus
gewährt, er möge sich jetzt in Ruhe mit Sabine be-
sprechen. Und im übrigen würde sich der Herr über

weitere Zusammenarbeit mit dem ihm teuren Paar freuen und auf Erleichterung des Lebens sinnen, Krieg hin oder her. Er wäre sogar bereit, den Pavillon beim Rosengarten räumen zu lassen und als Dienstwohnung und warmes Ehenestchen einzurichten, ohne daß Armin deshalb seiner Stelle bei der Stadt – auch als Totengräber diene man ja dem Leben – untreu zu werden brauche.

Die Stille im Herrenhaus war nun so tief geworden, daß Armin hätte schreien mögen. Was der Herr in seinen Augen lesen konnte, war keineswegs eine Bitte, sondern das blanke Verständnis, das abwechselnd mit Erschütterung und Mordlust kämpfte. Aber beides hintereinander rang er nieder, gab seinem Herrn keinen einzigen Blick mehr und keinen Gruß, sondern entfernte sich mit schwerem Schritt, um die Stille des Hauses nach Sabine abzusuchen. Treppauf treppab zog der Rächer seine ungesäuberten Schuhe über tiefe Teppiche, als wären sie zum Abwischen verlegt, machte vor dem Eheschlafzimmer nicht Halt, spuckte auf den Damast, kroch in gefangene Winkel und ging unterm Dach um. Schließlich fand er sie im Keller. Sie hatte sich nicht versteckt, sie bügelte nur, wie immer um diese Zeit. Diese falsche Ordentlichkeit erbitterte Armin mehr als alles andere.

Wortlos zerrte er sie vom Bügelbrett und dann in den freien Raum hinaus, den er brauchte, um sie ins Gesicht zu schlagen. Merkwürdigerweise fielen auch die kräftigsten Schläge in tiefster Stille beiderseits, von heftigem Atmen abgesehen. Durch diese Behandlung hörte Sabine natürlich nicht auf, schwanger zu sein, gewissermaßen im Gegenteil, die Erregung des Gärtners nahm während der Prügelei allmählich eine ihm ganz unerwartete Farbe an und führte zu Tätlichkeiten, deren Vollendung auf einem Wäschekorb immer weniger im Wege stand, bis die Prügelei von einer ingrimmigen Hochzeit und das Atmen von einer Art Jauchzen nicht mehr zu unterscheiden war. Diese Wendung, die mit Armin auch seine Wut erschöpfte, nahm seiner Verachtung natürlich nichts weg, ja, wie der Mann einmal erzogen war, bestärkte sie ihn darin. Aber mit dem Frösteln kam seine Besinnung wieder, und auch diese hatte eine ganz neue Farbe, einen Stich ins grausam Praktische. Freilich war es ehrlos, wenn er auf das Angebot des Herrn eintrat, aber was galt ihm diese Ehre jetzt noch, was half sie ihm? Der Zusammensturz hatte seine Augen geöffnet: sie roch nach Selbstbetrug und frommer Idiotie, diese mühselige Ehrbarkeit, nach den Treppenhäusern seiner Kindheit, nach Kohl, Steckrüben und schlechtem Bohnerwachs. Zum ersten Leitsatz des frommen Aufsteigers: Nur kein Arbeiter! kam jetzt ein zweiter hinzu, der mit der Frömmigkeit aufräumte und übersetzt werden konnte: Wenn schon, dann schon! Dieser Tag im Mai hatte in Armin nur noch den Aufsteiger übrig gelassen. Und wer im Glashaus reif werden durfte statt auf der Hintertreppe, der werfe den ersten Stein auf ihn.

Im übrigen hatte Armin zum Thema Lebensklugheit nicht nur im Herrenzimmer, sondern auch auf dem Wäschekorb weitere relevante Data gesammelt. Dieses vor allem: daß man einen Menschen, der ein noch schlechteres Gewissen hat als man selber, Schuld mit

Gewinn fühlen lassen kann, zahlbar in barer Münze oder aber immateriell, in einer schönen Abfindung beim Herrn, in lebenslänglicher Unterwürfigkeit bei der Magd. Kam hinzu, daß Sabine ihrem Armin noch auf dem Wäschekorb auf peinliche Befragung unter Tränen versichert hatte, daß neben seiner, des Gärtners Leistung, diejenige des Herrn nicht in Betracht komme. Froh wurde Armin dieser Trophäe nur halb, denn für seine behütete Nase roch sie nach Dirnenweisheit; immerhin, zum Vorzeigen beim Herrn war sie gerade recht. So zynisch er konnte, trat Armin vor ihn hin und erklärte den Handel für abgemacht, aber zu Armins Konditionen: 15 000 für die Frau, und jede weitere Zusammenarbeit wegbedungen.

Da hatte es der Herr, und der Herr mußte es schlucken. Sein Pavillon blieb leer, die Rosen litten, und der Baumtropfen breitete sich aus. Das stellte Armin noch Jahre später, wenn er mit seiner Frau am verwilderten Garten des Herrn vorbeispazierte, mit Genugtuung fest; der Blick seiner Frau aber trübte sich schuldbewußt wie am ersten Tag. Richtig: das Kind kam tot zur Welt, Armin hatte seine 15 000 ohne Gegenleistung. Das erleichterte ihn nicht einmal; er warf seiner Frau mangelndes Vertrauen, sogar Egoismus vor: sie habe das Kind nur nicht hergeben wollen. Dabei wäre er ihm ein guter Vater gewesen.

Darauf blieb die Ehe kinderlos. Sie richtete sich, nachdem Armin Beamter geworden war, in einem Milieu wohlgepolsterter, aber unverscheuchbarer Verdüsterung ein, einer Art ewiger Hochnebelgegend, in der es nie recht wettert und nie recht leuchtet. Fernerstehende brauchten nichts zu bemerken, denn Armin glich seine verschwiegene Depression durch Lebhaftigkeit und Leistung aus. Er pflegte seine Toten und ließ sie bis ins Feuer nicht aus den Augen. Nur scharfe oder teilnehmende Blicke hätten das Flatternde und Dünne seiner Tüchtigkeit zu durchdringen vermocht. Aber er hatte nur Vorgesetzte, denen er zur Schärfe keinen Anlaß gab, und niemanden, den er zur Teilnahme einlud. Seine Haare fielen ihm aus. Unrespektabel war das nicht, es geht vielen so.

Eine Kleinigkeit nicht zu vergessen: damals auf dem Wäschekorb hatte er seiner Verlobten den Ring vom Finger gerissen. Mit meinem Ring am Finger hast du es getan! sagte er in unbeschreiblichem Neid und Entsetzen. Zu seinem noch größeren Entsetzen befähigte ihn seine Erregung dazu, die Treulose ein zweites Mal heimzusuchen. Er verstand es nicht, aber er tat es, sie ließ es unter Tränen geschehen, und so schön war es später in der Ehe niemals mehr. Widersprüche des Lebens. Wenn Armin darüber nachdachte – er tat es selten, aber jahrelang immer wieder, meist kurz vor dem Erwachen, ja vielleicht erwachte er am Stachel des Widerspruchs –, dann mußte er auch dann noch mit der Erregung kämpfen und kam an kein Ende damit. Zu seiner Frau führte sie ihn nicht mehr – die schlief ja auch im andern Zimmer –, sondern schleunigst unter die Dusche und dann eine Stunde früher zur Arbeit. Richtig: der Ring wollte sich nicht mehr finden, es war wie verhext. Dabei suchte Armin den Keller des Herrn ab, Zoll für Zoll. Er verdächtigte seine Frau, als habe sie ihn verschluckt, was ganz unsinnig war, aber dazu führte, daß diese Ehe ohne Ringe geschlossen wurde. Bleulers trugen auch später keine Ringe, was in ihren Kreisen eine Seltenheit ist. Armin hat seine Frau deswegen nie betrogen, nicht einmal im Militärdienst, und – fast überflüssig zu sagen – sie ihn auch nicht. Es blieb bei dem einen Mal. Auf diesem Wäschekorb erlebten Bleulers ihre Jugend; auf demselben Wäschekorb wurden sie ihre Jugend los. Wenn schon, dann schon. Man sieht, das Dann hielt Armin Bleuler kaum, was er sich vom Wenn versprochen hatte. Armins Bäumchen gedieh, zwar nicht in den Himmel, nur von einer Beamtenklasse in die nächsthöhere, aber der Wurm nagte an der Wurzel; mit jeder Zunahme des Pensionsanspruchs wuchs die unausgesprochene Frage: Wozu eigentlich? mit. Er arbeitete so hart, als müßte er damit sein bißchen Gegenwart beiseite schaffen. Aber auf die Zukunft, die man sich auf diese Weise erwirbt, vermochte er sich nicht zu freuen, und die böse Vergangenheit wurde auch nicht weniger dadurch, nur leicht zugeschüttet. Armins Salär erlaubte Frau Bleuler bald, auf eigene Arbeit zu verzichten; genauer besehen: er erlaubte ihr nicht mehr, einer solchen nachzugehen. Sie sollte sich zu Hause wohlfühlen, mit der Pflege des leeren Nests vollauf beschäftigt sein, und sie war es auch, koste es was es wolle (man konnte sich ja mehr leisten). Aber die Frage: Wozu? stand auch in der neuen Vierzimmerwohnung unsichtbar an jede Wand geschrieben, da halfen all die Gäste nicht, die man so angestrengt bewirtete, daß sie nicht wiederkamen, da half kein Philodendron und kein alter Stich. Das Leben hatte sich verbessert, aber ein Leben war es eigentlich für niemand.

Zurück zu den Toten. Armin beneidete sie einerseits, weil sie es hinter sich hatten und so aussahen, als ob der Ausdruck des Friedens in ihren Gesichtern ehrlich erworben wäre, während ihm nur die Ehrlichkeit blieb und der Frieden fehlte. Als Beamter bemühte er sich, ihnen mit Respekt zu begegnen, ja sie gegen die Sachlichkeit der Leichenwärter und Verwertungsumstände in Schutz zu nehmen. Daher der Blumenschmuck in der »Kapelle«, daher die Erinnerungen an Bleibendes, mit denen er die kahl gewesenen Wände schmückte: Farbdrucke von Reni oder Ciseri, aber auch Zeitgemäßeres, von Hunziker etwa. Er glich diesen letzten Aufenthaltsort vor dem Verbrennungsofen unbewußt seinen eigenen vier Wänden an. Aber wenn die Toten dazu grinsten – und sie grinsen meistens ein paar Tage nach dem Übertritt, es geschieht nicht absichtlich und hat mit dem ungleichmäßigen Verfall des Hautuntergewebes zu tun –, wenn sie ihn aus den Blumen, die er ihnen beilegte, angrinsten, dann verbitterte sich etwas in Armins Tiefen, und man versteht, daß er sie zwar nicht mit Vergnügen, aber doch mit erregter Genugtuung hoch auflodern und zu Asche werden sah. Und man versteht wohl endlich auch, weshalb er ihnen zuvor ihre Ringe abnahm, dann nämlich, wenn sich dieselben leicht lösen ließen, was immer ein ungutes Zeichen ist. Das hieß: ich kenne euch! warum sollt ihr es besser haben als ich! und hatte mit Bereicherungsabsicht nicht das Geringste zu tun. Der Verteidiger, ein Mann mit sozialer Phantasie, hatte sich lange überlegt, ob er diese Gesichtspunkte dem Gericht vortragen sollte. Aber dann sagte er sich, daß sie den Richtern weit hergeholt, an den

Haaren herbeigezogen scheinen und schon darum kaum zugunsten seines Mandanten sprechen würden. Dem Verteidiger, seinerseits ein Mann im vollen Aufstieg, lag auch nichts daran, sich lächerlich zu machen und seinem noch ungefestigten Profil zu schaden. Am Ende war er Jurist und kein Psychiater; wenn man einen solchen hätte beiziehen wollen, hätte man es getan, und er selbst hätte es befürwortet, wenn Armin sich nicht augenblicklich gesträubt hätte. Er wolle ein sauberes Urteil, sagte er.

Nun, sauber oder gar klar war sehr wenig an Armins Verhalten, auch wenn er am Ende nichts dafür konnte. Eine vergleichsweise saubere Sache wäre es gewesen, wenn er die gefledderten Eheringe – anderes Wertgut nahm er nie – entweder hätte verschwinden lassen, wie damals (unabsichtlich) den Verlobungsring im Keller des Herrn, oder wenn er sie selbst versilbert und sich dem Risiko ausgesetzt hätte. Aber das tat er nicht. Er beauftragte seine gutbürgerlich gewordene Ehefrau damit und ging also ein so viel höheres Risiko ein, daß man es einfach als kalkuliert betrachten oder an allen guten Geistern des Angeklagten irrewerden muß. Nicht bewußt kalkuliert, gewiß nicht. Aber wenn etwas an Armin diebisch genannt zu werden verdient, so muß es die durchaus unbewußte, dafür um so nahrhaftere Schadenfreude gewesen sein, mit der er seine Frau in ihr leicht abzusehendes Verderben schickte. Denn die geborene Oggenfuß, das ist aktenkundig und führte unmittelbar zur Verhaftung des Paares, stellte sich in jedem Trödelladen, den sie betrat, so ungeschickt an, daß schon der erste Abnehmer hätte Lunte riechen müssen. Es ist ein Wunder zu nennen und wirft geradezu ein trauriges Licht auf die ganze Branche, daß sich erst der neunte oder zehnte entschloß, angesichts der keineswegs routiniert gewordenen, sondern hochrot daherstotternden Sabine stutzig zu werden, hintenherum die Polizei zu verständigen und die Stotternde so lange zappeln zu lassen, bis sie der erste beste Wachtmeister im Griff hatte. Es war gelungen; sie war jetzt endlich über dem ihr vorenthaltenen Symbol der Treue, die sie einmal unerfahren und außerdem im Abhängigkeitsverhältnis gebrochen hatte, so zu Fall gekommen, wie sie es in Armins Augen schon damals verdient hätte.

Aber sie zog an diesen ca. 17 Eheringen – 219 Franken fünfzig! – ja auch ihren Armin ins Verderben nach? Nun, das hatte ihr Armin eben so eingerichtet, bewußt nicht, aber um so pfiffiger; darin zeigte sich der zweite und wichtigere Teil seines Kalküls. Denn man wird doch nicht glauben, ein Mann wie Armin Bleuler könne sich rächen, ohne gleichzeitig dafür büßen zu müssen und sich Strafe einzubrocken – das Ziel war ja sogar, nicht nur zum Schuldigen, sondern schlechterdings zum Armen zu werden, und das schloß selbstverständlich auch den Verlust der Altersversorgung ein. Das mit dem Aufstieg ist nämlich bei gedrückten Leuten wie Armin nie eine so eindeutige Sache, auch wenn sie ihr Leben lang dafür arbeiten; dieses Leben ist dann doch der Güter höchstes nicht. Daß er mit seiner Fledderei die unterdessen ganz unselbständig gewordene Sabine – anders hätte sie sich kaum zur Hehlerin hergegeben – am Ende doch noch härter traf als sich selbst, war ein nicht unerwünschter Nebenertrag der unbewußten Veranstaltung. Sabine war jetzt schon wieder schuld, mehr, als sie je gutmachen konnte. Selbstverständlich duldete er nicht, daß man ihn um diesen Gewinn zu prellen suchte, indem man diese Veranstaltung oder gar seine Ehe analytisch ableuchtete, daher sein Widerstand gegen den Seelendoktor. Er bestand auf der kaum begreiflichen Einmaligkeit seines dummen Streichs, auf dessen tragischem Lapsus-Charakter, und hatte auf seine Weise recht damit. Ein einmaliges Vorkommnis in seinem grundanständigen und freudlosen Leben lag dieser Straftat ja auch zugrunde, nur hatte es im Keller des Herrn stattgefunden und nicht erst im Totenhaus. Als unschuldig Schuldiger, als rätselhaft schuldig Gewordener, kurz: als Armer präsentierte er sich seinen Richtern und wollte verurteilt werden. Für seine Grundanständigkeit sprach ja schon der Deliktbetrag: 219,50!; dafür sprach auch die Heftigkeit, mit der er vor den Schranken seine schluchzende Gattin in Schutz nahm. Daß sich hinter dieser Parade so etwas wie eine Dirnenrettung verbarg, eine Wiedergutmachung von weit her – schon von der Mutter her, genau besehen! –, die dem Retter um so leichter fällt, je tiefer er dabei das Gerettete im Gefühl seiner Unwürdigkeit schmoren lassen kann, brauchte der Retter selbst nicht zu wissen. Und das Gericht wußte auch nichts davon, es war mit seiner eigenen Rührung beschäftigt. Es verurteilte Armin, weil es in Gottes Namen mußte, und erwies ihm zugleich die Wohltat des bedingten Strafvollzugs. Armin sollte seine zweite Chance haben.

Und er bekam sie. Die Stelle am Krematorium war zwar

verfallen – das denn doch, im Namen der Pietät! –, aber der Gerichtspräsident persönlich hatte sich den Mann gemerkt, der da so aufrecht vor ihm in der Schranke stand und seine Verurteilung mit einem mannhaften Lächeln quittierte. Seine Führung vor Gericht hatte ihn als Charakter empfohlen. Gerade die Einmaligkeit seines Delikts schien ihn besser als irgendeinen Unbescholtenen vor Wiederholung zu sichern, ja fast besser als eine gute Tat, die vom Täter weniger verrät, als bei einer peinlichen Gerichtsverhandlung notgedrungen herauskommt: nur Positives, in Armins Fall, von jener Dummheit abgesehen. Der Gerichtspräsident hatte sich von seinen Organen auch berichten lassen, in welchen Verhältnissen Armin lebte. Der Philodendron war dabei ebenso zur Sprache gekommen wie die blitzsaubere Küche.

Bedenkt man daneben, unter welchem ernsthaften, angesichts der Arglist der Zeit schon fast bedrohlichen Personalmangel unsere städtische Polizei-Streitmacht leidet, so kann der weitere Weg Armins fast nicht mehr zweifelhaft sein.

Aber der Polizeivorsteher, der einen Tip seines Duzfreundes vom Gericht erhalten hatte, überstürzte nichts. Er ließ Armin diskret beobachten, verhängte sozusagen, ohne daß der etwas ahnte, eine Art Probezeit über ihn. Armin führte sich ausgezeichnet. Er war auf Abruf zum Straßenräumen bereit – es war ein schneereicher Februar – und stand jeden Tag schon um drei oder vier Uhr klaglos zum Salzen und Sanden auf den Beinen. Keine Miene in seinem Gesicht verriet, daß er für diese Arbeit eigentlich zu gut war. Er war einfach der Tüchtigste, wie immer schon, schon beim

Wickeln seiner Geschwister, beim Totengraben und Rosenschneiden, ja selbst auf dem rotgewürfelten Wäschekorb, aber schweigen wir jetzt davon. Nach einem Vierteljahr stand seinem Eintritt ins Polizeikorps nichts mehr im Wege. Eine seiner ersten Amtshandlungen führte ihn – man überschätzt die Bürokratie, wenn man ihr dabei Absichten unterstellt – ins Krematorium. Er hatte die Beseitigung gewisser Asservate zu überwachen, jener 17 Ringe, die das Gericht nach langem Hin und Her – denn die rechtmäßigen Erben hatten sich einfach nicht gemeldet und waren nicht zu eruieren – dem reinigenden Feuer zu überantworten beschlossen hatte. Der Einfachheit halber waren sie einem Sarg beizugeben. Es traf sich, daß es der schmucklose Sarg einer 83jährigen Diakonisse war. Armins Amtsnachfolger legte das versiegelte Paket unter den wachsamen Augen des Polizeimannes in die gefalteten Hände der Entschlafenen, die dazu grinste. Armin in seiner neuen Uniform verzog keine Miene. Die Kontrolle der eigentlichen Kremation schenkte er sich. Das war endgültig vorbei.

Armin erklomm jeweils in der kürzesten möglichen Frist den nächsten Dienstgrad. Sein Vater, der erst das andere hatte erleben müssen, durfte nun dieses erleben und freute sich still vor sich hin. Bald erreichte Armins Pensionsanspruch die Höhe des früheren. Seine Frau hatte nichts mehr davon. Innerhalb eines Jahres segnete sie das Zeitliche, erst 47jährig. Die Operation kam zu spät, Armin hatte in jener Nacht Ordnungsdienst. Es soll Unterleibskrebs gewesen sein, eine typische Frauensache. Da kann man nichts machen.

Von Adolf Muschg
erschienen im Suhrkamp Verlag
(Stand Dezember 1984)

Liebesgeschichten. *Erzählungen.* 1972, und
suhrkamp taschenbuch 164, 1974

Albissers Grund. *Roman.* 1974, und
suhrkamp taschenbuch 334, 1976

Im Sommer des Hasen. *Roman.* 1975
suhrkamp taschenbuch 263

Entfernte Bekannte. *Erzählungen.* 1976, und
suhrkamp taschenbuch 510, 1979

Noch ein Wunsch. *Erzählung.* 1979, und
suhrkamp taschenbuch 735, 1981

Baiyun oder die Freundschaftsgesellschaft. *Roman.* 1980,
und *suhrkamp taschenbuch* 902, 1983

Gottfried Keller. 1980
suhrkamp taschenbuch 617

Gegenzauber. *Roman.* 1981
suhrkamp taschenbuch 665

Literatur als Therapie? Ein Exkurs über das Heilsame
und das Unheilbare. 1981
edition suhrkamp 1065

Leib und Leben. *Erzählungen.* 1982
224 S. Leinen

Fremdkörper. *Erzählungen.* 1983
suhrkamp taschenbuch 964

Mitgespielt. *Roman.* 1984
suhrkamp taschenbuch 1083

Das Licht und der Schlüssel. *Erziehungsroman
eines Vampirs.* 1984
523 S. Leinen

Über Adolf Muschg. Herausgegeben von
Judith Ricker-Abderhalden. 1979, 368 S.
edition suhrkamp 686

st 775 Horst Bienek
Bakunin, eine Invention
120 Seiten
Bakunin, eine Invention ist keine Biographie im üblichen
Sinne; ein Student, ein Protestler von 1968, will genauer
wissen, was es mit dem Anarchismus auf sich hat, er geht
auf der Suche nach Bakunin in die Schweiz, forscht seinen
Spuren nach, seiner Wirkung, seiner Philosophie der Re-
volte.
»Das ist nicht allein Dokumentation, nicht Erkundung,
auch nicht Roman; die Fakten drängen bei Bienek der
Erfindung entgegen – da erst erschließen sie sich ganz,
das Konkrete wird Poesie.«   *Günter Blöcker*

st 776 Dorothea Zeemann
Jungfrau und Reptil
Leben zwischen 1945 und 1972
140 Seiten
Jungfrau und Reptil wird dominiert von der Herausfor-
derung durch die berühmt anachronistische Gestalt des
Dichters Heimito von Doderer. Auf diese Herausforde-
rung antwortet Dorothea Zeemann mit einer bis zur
Schärfe deutlichen, alles andere als lieblosen Beschreibung
Doderers und ihrer gemeinsamen Jahre. – Als erster
Band der Erinnerungen erschien *Einübung in Katastro-
phen, Leben zwischen 1913 und 1945* (suhrkamp taschen-
buch 565).

st 777 Ignácio de Loyola Brandão
Null
Prähistorischer Roman
Übersetzung aus dem Brasilianischen
mit einem Nachwort von Curt Meyer-Clason
400 Seiten
»Dieses bitterböse Buch ... ist trotz seines blutig ernsten
Themas von einem irrwitzigen Humor erfüllt, sein Autor

krümmt sich vor Lachen inmitten einer grausigen Realität, und in dieser tragischen Ironie liegt zugleich seine befreiende Wirkung.«   *Hans Christoph Buch*

st 778 Max Schur
Sigmund Freud
Leben und Sterben
Deutsch von Gert Müller
720 Seiten
»Bis in Einzelheiten ist es Schur gelungen, die Wechselbeziehungen zwischen Freuds Krankengeschichte, seinem Herzleiden, seiner Nikotinsucht, seiner Reisephobie und seinem Denken aufzuzeigen. Immer ist die Auseinandersetzung mit den Krankheiten anderer auch ein Versuch, der eigenen Schwächen und Leiden, der selbsterlebten Ängste und Zwänge Herr zu werden.«
                         Gert Ueding, Hess. Rundfunk

st 779 H. P. Lovecraft
In der Gruft
und andere makabre Geschichten
Deutsch von Michael Walter
Phantastische Bibliothek Band 71
218 Seiten
Dieser Band enthält alle jene Erzählungen Lovecrafts, die in seinen früheren Sammelbänden in den *suhrkamp taschenbüchern* nicht enthalten sind, darunter zwei Jugenderzählungen und zwei Geschichten, die er zusammen mit anderen Verfassern schrieb.

st 780 Arkadi und Boris Strugatzki
Montag beginnt am Samstag
Utopisch-phantastischer Roman
Aus dem Russischen von Hermann Buchner
Phantastische Bibliothek Band 72
288 Seiten
Zeitlich und örtlich unbestimmt, irgendwo im weiten russischen Hinterland, haben die Brüder Strugatzki ihr märchenhaftes Nitschawo angesiedelt. Unter Leitung des Direktors beschäftigt sich dort eine Reihe gelehrter Köpfe, skurrile Gestalten allesamt, mit den absonderlichsten Problemen.

st 781 Mein Goethe
156 Seiten
Sechs Autoren – Günter Kunert, Siegfried Lenz, Peter Rühmkorf, Wolfdietrich Schnurre, Martin Walser und Gabriele Wohmann – sind der Einladung der Schulfunkredaktionen der Hörfunkanstalten gefolgt und haben sich zum Thema »Mein Goethe« geäußert.

st 782 Die besten Bücher
der »Bestenliste« des SWF-Literaturmagazins
Herausgegeben von Jürgen Lodemann
158 Seiten
Schon 1916 stellte Robert Walsers *Spaziergänger* die entscheidende Frage: Ist das Buch wirklich gut? Aber hier stockt Robert Walsers Spaziergänger. Das wirklich verkäufliche wird nicht oft das wirkliche gute Buch sein. »Können Sie schwören, daß dies das weitverbreitetste Buch des Jahres ist?« – »Ohne Zweifel.« – »Können Sie behaupten, daß dies das Buch sei, das man absolut gelesen haben muß?« – »Unbedingt.« – »Ist das Buch wirklich gut?«

st 783 Werner Koch
See-Leben
See-Leben I, Wechseljahre oder See-Leben II, Jenseits des Sees; in einer Kassette
128/204/222 Seiten
»Im Gegensatz zu vielen vergleichbaren Zeitgenossen hat Koch etwas Wesentliches entdeckt: daß es nicht das Leben gibt, das einzige, wahre Leben, und es folglich müßig ist, danach zu suchen. Es gibt nur eine ureigenste, individuelle Lebenspraxis.« *Frankfurter Allgemeine Zeitung*

st 784 – st 799
Ernst Weiß
Gesammelte Werke in sechzehn Bänden
Herausgegeben von Peter Engel und Volker Michels
»Ernst Weiß gehörte zu den Dichtern, die schon früh eine Berührung mit der Weisheit des Ostens fanden und diese Weisheit nicht als Kuriosität erlebten, sondern ihre innige Verwandtschaft mit allen Höhepunkten westlicher Kultur begriffen haben.« *Hermann Hesse*

»Die Werke des Dichters Ernst Weiß weiten das Herz, da sie das Gebiet des Menschen erweitern: nach unten zu Tier und Tiefe, nach oben, zum Geist.«   *Heinrich Mann*

st 802 Wolfgang Koeppen
Amerikafahrt
168 Seiten
»Die Amerikafahrt Wolfgang Koeppens zieht ihre wirklich oft unwiderstehliche Schönheit, ihre hinreißend ›genaue‹, vibrierend notierte Diktion aus der Summierung ›gelungener‹ Minuten-Notizen, an denen Netzhaut, Ohr, Kalkül, ästhetisches Kombinationsvermögen, Duldsamkeit, diskrete Klugheit in gleichem Maße beteiligt sind. Die Notizen ereignen sich unterwegs von Fall zu Fall, in New York wie in Hollywood oder bei den Mormonen, im Flugzeug oder im Pullman.«   *Karl Krolow*

st 803 Herbert Achternbusch
Das letzte Loch
Filmbuch
Mit Abbildungen
122 Seiten
»Wie kommt es, daß die besten Filme, die sich mit dem Grauen in Deutschland auseinandersetzen, von Komödianten gemacht wurden? Chaplins ›Großer Diktator‹, Lubitschs ›Sein oder Nichtsein‹, und nun Achternbuschs ›Das letzte Loch‹. Kann man das Unfaßbare nur mit Gelächter ertragen?«   *Süddeutsche Zeitung*

st 804 Bohumil Hrabal
Erzählungen, Moritaten und Legenden
Aus dem Tschechischen von Franz Peter Künzel
248 Seiten
»Welt ist das, als was man sie ansieht. Hier wird sie nicht ernster genommen, als unbedingt nötig. Mit hinterhältigem Witz und unter Harmlosigkeit getarnter Ironie erredet sich Hrabal eine Freiheit, die immun macht, weil es die Freiheit der Narren ist.«   *Wolfgang Werth*

st 805 Veranda Spuk
Mein Flirt mit einem ganz bestimmten Superstar
oder Mein heiliger Pappkarton im Bettlaken
300 Seiten im Schuber

»Das Mädchen des Erzählten nannte ihren Superstar-Freund erstmals halbversehentlich Pappkarton, machte es sich von nun bequem, mit Kissen und so. Davor war sie allerdings sehr klein, war auch erst 12 oder 13 Jahre alt. Aus diesem Alter stammen die ersten vorliegenden Seiten. Doch dann wollte sie ihr Buch schreiben, weil er ihre Briefe nicht beantwortete, jenes Buch wird ihr Superstar mit Sicherheit lesen.«

Aus dem Brief der Autorin vom 27. 4. 1981

st 806 Stanisław Lem
Die Ratte im Labyrinth
Ausgewählt von Franz Rottensteiner
Phantastische Bibliothek Band 73
274 Seiten
»... zur Zeit wohl der umfassendst gelehrte Kollege, einer der letzten Alexandriner, dem es gelingt, interdisziplinär zu arbeiten, als könnten die Ecken unseres Bewußtseins und die Geheimnisse etlicher Galaxien eine Verbindung eingehen.«   *Günter Herburger*

st 807 Johanna Braun, Günter Braun
Der Irrtum des Großen Zauberers
Ein phantastischer Roman
Phantastische Bibliothek Band 74
196 Seiten
»Die Parabel vom Birnenimperium Plikato ist... eine Satire auf totalitäre Machtapparate und deren Scheitern an der menschlichen Widerstandskraft und entfaltet bei deren Durchschauen beträchtlichen Witz.«   *Otto F. Beer*

st 808 Alejo Carpentier
Die verlorenen Spuren
Roman
Aus dem Spanischen von Anneliese Botond
354 Seiten
Ein Musikwissenschaftler erhält den Auftrag, für die Sammlung der Universität bestimmte primitive Instrumente im Urwald aufzuspüren. Die Reise, die ihn für einige Wochen von unbefriedigender Tätigkeit und Ehe befreien soll, wird ihm zur Befreiung schlechthin. Doch er hat den Bruch mit der Zivilisation nur halbherzig vollzogen. Er kehrt noch einmal zurück in die Weltstadt. Als

er, wieder im Urwald, nach den Gefährten und Stätten des Glücks sucht, sind alle Spuren verwischt.

st 809 Darcy Ribeiro
Maíra
Roman
Deutsch von Heidrun Adler
340 Seiten
»Meisterhaft in der Komposition, von bestechendem Können im psychologischen Zugriff auf die einzelnen Charaktere, von geradezu weltliterarischer Souveränität in der allmählichen Entfaltung unaufhebbarer Konflikte, gehört dieser Roman zu den großen Leistungen des amerikanischen Subkontinents.«

Frankfurter Allgemeine Zeitung

st 810
Lateinamerika
Gedichte und Erzählungen 1930–1980
Herausgegeben mit einer Einleitung und Hinweisen zu den Verfassern von José Miguel Oviedo
426 Seiten
Chronologisch werden die großen Dichter und Erzähler Lateinamerikas vorgestellt: mit einem kurzen Stück Prosa oder wenigen Gedichten. Die Auswahl vermittelt einen Begriff von der unerhörten Lebendigkeit und schöpferischen Kraft, die überall auf diesem Kontinent zutage treten. Sie reicht von der Lyrik César Vallejos, Pablo Nerudas und Nicolás Gulléns bis zu den Erzählungen Asturias', Guimarães Rosas und Gabriel García Marquez'.

st 811 Die Neue Welt
Chroniken Lateinamerikas von Kolumbus bis zu den Unabhängigkeitskriegen
Herausgegeben und mit einer Einleitung versehen von Emir Rodríguez Monegal
Mit zeitgenössischen Illustrationen
434 Seiten
Diese Chroniken sind der Beginn eines Dialogs der Kulturen. Die Europäer reagierten auf die ersten Zeugnisse aus Amerika: so entstanden die *Utopia* von Thomas Morus oder der Essay über die *Kannibalen* von Montaigne, der Vorstellungen nachhaltig prägte. Dieser Dialog dauert bis heute an, im Begriff des Eurozentrismus hat er seine moderne Form gefunden.

st 812 Der lange Kampf Lateinamerikas
Texte und Dokumente
von José Martí bis Salvador Allende
Herausgegeben von Angel Rama
424 Seiten
Seit den Unabhängigkeitskriegen existiert die Idee Simón
Bolívars von einem einigen und starken Lateinamerika:
mit politischer, wirtschaftlicher und kultureller Selbstän-
digkeit. Der Traum ist heute noch ein Wunschbild, Lateinamerika sucht noch immer seine Identität.

st 813 Robert Walser
Der Gehülfe
Roman
292 Seiten
»Die Prosa Robert Walsers ist auf arglose Weise hinter-
hältig. Gefeit gegen jede schnelle Lektüre, verlangt sie
eine unendlich rege Aufmerksamkeit, denn erst im Wie-
der- und Wiederlesen zeigt sie ihre wahre Gestalt. Was
zuerst wie Unvermögen und Verwahrlosung, wenn nicht
gar wie Kitsch aussieht, entpuppt sich im Nachhinein als
Raffinesse. ... Jedes Klischee gerät ihm zur Demonstra-
tion gegen den gefälligen Effekt, seine Komik ist frei-
willig.«   *Wolf Wondratschek*

st 815 Hans Christoph Buch
Jammerschoner
Sieben Nacherzählungen
162 Seiten
»Hintergründig und scheinbar sadistisch entlarvt der
Autor soziale, politische, historische Verhältnisse, er ver-
schränkt spielerisch, doch mit deutlichem Hinweis, ver-
schiedene Epochen, Zeiten, ja Kulturen. Er tut dies mit
den Mitteln einer Sprache, die parodistisch zitierend den
Figuren ihr eigenes Urteil spricht.«

st 816 Natalia Ginzburg
Ein Mann und eine Frau
Aus dem Italienischen von Arianna Giachi
190 Seiten
»Aus diesen gleichmütigen, fast teilnahmslosen Mitteilun-
gen entsteht unversehens ein unentrinnbares Lebensge-

füge, in das man selbst, lesend, hineingerät, dem man in alle Einzelheiten folgt.« *Süddeutsche Zeitung*

st 817 Igor Strawinsky
Aufsätze, Kritiken, Erinnerungen
Ausgewählt und herausgegeben von Heinrich Lindlar
226 Seiten
Was über Werden und Wirken, über Weg und Werk des russisch-französisch-amerikanischen Komponisten und Kosmopoliten Strawinsky vom Aufbruch unseres Jahrhunderts im Reflex seiner Mitarbeiter, Freunde und Mäzene, aber auch seiner eingeschworenen Gegner aus dem Umfeld der Neuen Wiener Schule Schönbergs – was da an Erinnerungen, an Huldigungen und Attacken von Belang war, findet sich in diesem Auswahlband wie in einem Brennspiegel.

st 818 J. G. Ballard
Kristallwelt
Roman
Aus dem Englischen übersetzt von Margarete Bormann
Phantastische Bibliothek Band 75
178 Seiten
»Am Tage flogen phantastische Vögel durch den erstarrten Wald, und edelsteinbesetzte Krokodile glitzerten wie heraldische Salamander an den Ufern des kristallenen Flusses. Nachts jagte der leuchtende Mann unter den Bäumen dahin, die Arme wie goldene Wagenräder, der Kopf wie eine gespenstische Krone...«

st 819 Peter Schattschneider
Zeitstopp
Science-fiction-Geschichten
Phantastische Bibliothek Band 76
230 Seiten
»Mit einemmal sah er nur noch Atome und Moleküle, die keinen Bezug zueinander hatten. Nichts veränderte sich. Die Naturgesetze zerfielen, weil es in der Zeitlosigkeit nichts gab, das sie beschreiben konnten, und mit ihnen zerfielen die Objekte. Bäume, Sträucher, das verdorrte Gras, Erde und Gestein, selbst die Sonne und der in der Luft erstarrte Vogel: Alles verlor sich in Bedeutungslosigkeit.«

st 821 Hans Carossa
Der Arzt Gion
Eine Erzählung
256 Seiten
»Die Lauterkeit seiner Gesinnung, die Tiefe seiner so bescheiden auftretenden Problematik, und mehr als alles der Adel seiner Sprache, seines schönen, wie eine Quelle fließenden Deutsch machen dies ernste Buch unausschöpflich, wie alle echte Dichtung es ist.«   *Hermann Hesse*

st 822 Marcel Proust
Sodom und Gomorra
Auf der Suche nach der verlorenen Zeit
Vierter Teil
Deutsch von Eva Rechel-Mertens
2 Bände, zus. 724 Seiten
»Von der Erfahrung Prousts in Deutschland verspreche ich mir Entscheidendes, nicht im Sinne der Nachahmung, sondern in dem des Maßstabes. ... Angesichts des desorientierten Zustandes der deutschen Prosa, wenn nicht der Krisis der Sprache überhaupt, ist Rettendes zu hoffen von der Rezeption eines Dichters, der das Exemplarische vereint mit dem Avancierten.«
Theodor W. Adorno

st 823 Sylvia Beach
Shakespeare and Company
Ein Buchladen in Paris
Aus dem Amerikanischen von Lilly v. Sauter
Mit Abbildungen
248 Seiten
»*Shakespeare and Company* ist kein gelehrtes Buch, es ist ein ganz persönlicher Bericht. In Sylvia Beachs Erinnerungen kommen nahezu alle vor, die in den zwanziger Jahren eine Rolle spielten, und Sylvia Beach zählte sie alle zu ihren Bekannten.«   *The New Yorker*

st 824 Erik H. Erikson
Lebensgeschichte und historischer Augenblick
Übersetzt von Thomas Lindquist
296 Seiten
Die Frage, um die es Erikson in diesem Buch geht, lautet: Psychoanalyse – Anpassung oder Freiheit? Erikson plä-

diert für eine Form von Adaption, die den Patienten befähigt, die Realität so zu sehen, wie sie ist, was nicht bedeutet, sie in ihrer Faktizität einfach hinzunehmen. Eriksons »goldene Regel« für seine eigene Praxis ist ein Begriff von Anpassung, der auf Gegenseitigkeit und Anerkennung basiert.

st 825 Volker Erbes
Die blauen Hunde
Erzählung
190 Seiten
Die blauen Hunde erzählt die Geschichte einer Krankheit. Scheinbar unangekündigt trifft sie eine junge Frau. Die Vorgeschichte zeigt, daß die Formen ihres Wahns nicht zufällig sind oder abstrus, sondern bis in die absonderlichen Details biographisch bestimmt. Auch der Erzähler, der ehemalige Freund dieser Frau, wird von dem Wahn, der der Wahn einer Epoche ist, erfaßt. Indem er ihre Geschichte erzählt, entdeckt er betroffen die Rolle, die er darin spielt.

st 826 Phantasma
Polnische Geschichten aus dieser und jener Welt
Herausgegeben und übersetzt von Klaus Staemmler
Phantastische Bibliothek Band 77
282 Seiten
Zwanzig Erzählungen von neunzehn Autoren stellt dieser Band vor, utopische und phantastische Geschichten, heitere und ernste, amüsante und besinnliche; Spekulationen über die Zukunft stehen neben satirischen Seitenhieben auf die wenig vollkommene Gegenwart. Und es gibt auch gar schauerliche, diabolische und unheimliche Geschichten.

st 828 Hermann Lenz
Die Begegnung
Roman
204 Seiten
»Ein wundersames und wunderbares Buch . . . ein Roman, der ganz unwichtig tut und doch voll Weisheit ist; der beiläufig erzählt wirkt und doch Existentiellem auf den Grund geht; der in geschichtlicher Zeit spielt und uns die eigene Zeit und unsere eigene Zerrissenheit besser wahrnehmen läßt.«   *Deutsche Zeitung*

st 829 Pablo Neruda
Liebesbriefe an Albertina Rosa
Zusammengestellt, eingeführt und mit Anmerkungen
versehen
von Sergio Fernández Larraín
Aus dem Spanischen von Curt Meyer-Clason
Mit Abbildungen
338 Seiten
Wer die Memoiren Nerudas gelesen hat, kennt seine Er-
zählhaltung. Das Schreiben sei für ihn wie das Schuhe-
machen – und so urpersönlich, sympathisch warm und
menschlich ist auch der Ton dieser Briefe. Sie befassen
sich mit Zuneigung und alltäglichen Sorgen, mit Hoffnungen und Enttäuschungen.

st 831 Helm Stierlin
Delegation und Familie
Beiträge zum Heidelberger familiendynamischen Konzept
258 Seiten
»Die Beiträge des Bandes verarbeiten eine Fülle von Fall-
beispielen und therapeutischen Erfahrungsdaten vor dem
Hintergrund der psychoanalytischen Grundannahmen zu
einem komplexen System von Hilfestellung für die unter-
schiedlichsten familiären Konstellationen. Lesenswert für
jeden, der an Einsicht in ein komplexes Gefüge von Zu-
sammenhängen interessiert ist.«
Wissenschaftlicher Literaturanzeiger

st 833 J. G. Ballard
Die Tausend Träume von Stellavista
und andere Vermilion-Sands-Stories
Aus dem Englischen von Alfred Scholz
Phantastische Bibliothek Band 79
204 Seiten
Vermilion Sands, ein Wüstenkurort zur Erfüllung der
ausgefallensten Träume der gelangweilten Reichen,
jetzt Künstlerkolonie für Maler, Literaten, bildende
Künstler und Musiker, ist in einem langsamen, aber
unaufhaltsamen Verfall begriffen. Dichter drücken ledig-
lich auf die Knöpfe ihrer Computer, die automatisch für
sie dichten; tönende Skulpturen wachsen aus dem Boden,
und empfindsame Pflanzen reagieren auf die Töne der
Musik.